THE
SECOND PART
OF KING
HENRY THE
FOURTH

헨리 4세 2부

셰익스피어
4대 사극

윌리엄 셰익스피어 지음

이태주 옮김

WILLIAM
SHAKE-
SPEARE

헨리 4세 2부

초판 1쇄 인쇄 · 2024년 2월 3일
초판 1쇄 발행 · 2024년 2월 12일

지은이 · 윌리엄 셰익스피어
옮긴이 · 이태주
펴낸이 · 김화정
펴낸곳 · 푸른생각

편집 · 지순이 | 교정 · 김수란, 노현정 | 마케팅 · 한정규
등록 · 제310-2004-00019호
주소 · 서울시 마포구 토정로 222 한국출판콘텐츠 402호
대표전화 · 02) 2268-8707
이메일 · prun21c@hanmail.net / prunsasang@naver.com
홈페이지 · http://www.prun21c.com

ISBN 979-11-92149-43-1 03840
값 19,000원

셰익스피어 사극은 영국 왕조 시대 이야기입니다. 전쟁과 해외 원정이 끝날 줄 모르고 계속되면서 국민들은 폭력과 약탈, 기근과 질병으로 극심한 고통을 받고 있었습니다. 〈존 왕〉〈리처드 2세〉〈헨리 4세〉(2부작)〈헨리 5세〉〈헨리 6세〉(3부작), 〈리처드 3세〉 등 영국 역사극은 반란과 폭동, 정치적 책략과 배신 등 왕권 쟁탈전이 되풀이되면서 평화와 질서가 유린되는 수난의 기록입니다.

영국과 프랑스 사이에 벌어진 백년전쟁은 1337년에 시작되었습니다. 그 이후 오랫동안 양국 간에 전쟁이 계속되다가 1415년 8월, 헨리 5세는 2만 명의 병력을 이끌고 프랑스를 공략했습니다. 10월 25일 아쟁쿠르 격전에서 프랑스군을 대파하고 극적인 승리를 거두었습니다. 1429년 7월 17일 프랑스의 샤를 7세가 대승리를 거두면서 대관식을 거행했습니다. 이후, 프랑스는 1453년까지 영국이 확보했던 칼레를 제외하고 전 국토를 수복해서 백년전쟁에 종지부를 찍었습니다.

한편 영국은 장미전쟁이라는 내란에도 시달렸습니다. 흰 장미 요크 가문과 붉은 장미 랭카스터 가문이 30년 동안 혈전을 펼친 참담한 전쟁이었습니다. 1455년에 시작된 장미전쟁은 1485년 8월 보스워스 전투에서 요크 가문의 리처드 3세가 전사하고 랭카스터 가문의 헨리 7세가 승리하면서 종결되었습니다.

이 모든 영국사의 참극과 그 이후 세계에서 전개된 전쟁의 역사를 보면서 나는 왜 전쟁은 끝나지 않는가라는 의문을 갖게 되었습니다. 그 의문에 대한 해답을 얻기 위한 첫걸음으로 영국의 역사를 읽고, 셰익스피어 역사극을 이해하는 일을 시작했습니다. 그 과정에서 나는 전쟁은 예나 지금이나 같다는 것을 깨닫게 되었습니다. 과거는 정말이지 오늘과 내일을 비추는 거울이었습니다.

영국 역사극 가운데서도 〈리처드 3세〉와 〈헨리 4세〉(2부작)는 최고 걸작입니다. 전자는 정치적 배신과 잔혹성이 난무하는 드라마로 충격적인 명성을 얻었습니다. 1막 1장에서 보여준 리처드의 악마적 실체, 2장에서 벌어지는 앤 왕비를 농락하는 드라마는 셰익스피어의 천재적 극작술이 발휘된 명장면입니다. 온갖 만행을 저지른 리처드의 최후는 비참했습니다. 패전 직전 막바지에 몰린 리처드는 "말을 다오! 말이다! 말을 주면 왕국을 주겠다"라고 비명을 지르다가 죽었습니다. 후자는 비극과 희극의 심원한 주제를 다루면서도 희극의 재미를 안겨주는 역사극 특유의 매력을 창출한 작품입니다. 폴란드의 셰익스피어 학자 얀 코트는 셰익스피어가 표현한 세계를 현실 세계와 비교해서 해석하려고 한다면 〈리처드 3세〉부터 읽어야 한다고 주장했습니다. 셰익스피어의 세계는 우리 모두의 인생을 반영하고 있기 때문일 것입니다. 〈리처드 3세〉는 왕권 장악을 위한 투쟁으로 시작됩니다. 왕권을 장악하면 왕권 안정을 위한 투쟁을 계속합니다. 그 결과는 언제나 왕의 죽음과 새로운 왕의 즉위입니다. 새로운 왕은 왕권 투쟁을 통해 너무나 많은 잔혹 행위를 하게 됩니다. 그래서 기나긴 범죄의 쇠사슬을 질질 끌고 악몽 같은 여생을 살아갑니다. 그는 자신을 도왔던 측근들을 왕권 도발을 한다고 의심하며 살해합니다. 그리고 나서 그에게 반기를 든 적들을 차례로 죽입니다. 아무리 죽여도 적 모두를 죽일 수는 없습니다. 살아남은 적수 한 사람이 유형지에서 돌아옵니다. 그는 복수심에 불타 왕에게 도전장을 내고 피투성이 싸움 끝에 왕권을 탈취합니다. 그는 선왕에 항거하던 주변의 귀족들과 영주들의 지원을 받으며 정의와 질서의 상징으로 추앙받습니다. 그러나, 시간이 흐르면서 이들 간에 권력투쟁이 재현됩니다. 또다시 살인과 폭력과 배신의 역사가 시작됩니다. 역사의 수레바퀴가 한 바퀴 돌아가면서 새로운 비극의 역사가 다시 시작됩니다. 얀 코트는 이를 '역사의 악순환'이라고 개탄했습니다.

 헨리 4세로 왕위에 오른 볼링브로크는 에드워드 3세의 아들 랭카스터 공작의 아들이었습니다. 에드워드 3세의 아들 에드워드의 아들은 리처드 2세였습니다. 리처드 2세는 랭카스터 공작의 영토를 몰수했습니다. 이에 불만을 품은 볼링브로크를 리처드 2세는 프랑스로 유배합니다. 그는 선친의 지위와 영토를 재탈환하기 위해 프랑스에서 군사를 이끌고 영국을 침공합니다. 허를 찔린 리처드 2세는 원정길에서 급히 돌아와서 전쟁을 했지만 기세가 꺾여 패배했습니다. 그는 포로의 몸이 되어 성탑에 유폐되었다가 볼링브로크가 보낸 암살범에게 살해당합니다. 헨리 4세는 그의 치세 동안 자신이 저지른 과거사 때문에 양심의 가책을 받습니다. "왕관을 쓴 머리는 편안한 잠이 오지 않는다"라고 그는 실토합니다. 그를 왕위에 오르도록 도왔던 북방의 영주들은 헨리 4세가 왕위에 오를 때 약속한 조건을 어겼다고 불만입니다. 북방의 영주 노섬벌랜드의 아들 홋스퍼는 반란을 주도합니다. 그러나 그는 헨리 왕자와의 결투에서 살해당합니다. 그래도 굴복하지 않고 요크 대주교, 노섬벌랜드, 헤이스팅스 등 북방의 영주들은 다시 반격을 시도합니다. 그러나, 이들에게 화전(和戰)을 제의한 헨리 4세의 아들 랭카스터 공작은 평화회담을 통해 휴전을 성사시켰는데, 반군이 해산된 시점을 노려 그는 화전의 약속을 어기고 반군의 지도자들을 모두 체포해서 처형합니다. 정치의 잔혹성, 권력의 행폐가 노정(露呈)된 반인도적 만행이었습니다. 〈헨리 4세 2부〉 4막은 화전을 둘러싸고 전쟁과 평화의 담론이 펼쳐지는 장면입니다. 귀담아 들어야 하는 중요한 내용이 쌍방의 대화 속에 담겨 있습니다. 음흉한 계략으로 전쟁에는 승리했지만, 헨리 4세는 이 모든 불법적인 잔혹 행위에 대해 고뇌의 세월을 보냅니다. 헨리 4세는 임종 때 왕자 헨리에게 과거의 일을 참회하면서 지혜롭고 영득한 왕이 되도록 덕담을 남깁니다. 그러나, 그도 왕이 되자 프랑스 원정의 길을 떠납니다. 그는 프랑스 전쟁터서 용맹을 떨쳤지만 질병으로 막사에서 사망했습니다.

나는 〈헨리 4세〉를 읽으면서 손에서 책을 놓을 수 없었습니다. 너무나 재미있고, 지혜롭고, 감동적인 작품이었기 때문입니다. 그 재미의 원천은 왕자와 폴스타프가 펼치는 드라마 때문입니다. 다양한 성격의 인물이 등장하는데 한 사람도 놓칠 수 없이 흥미롭습니다. 그들의 대사는 자극적이요, 유머러스하고, 감성적이며 본능적입니다. 극은 다층구조입니다. 폴스타프가 술집에서 진행하는 극중극은 그 좋은 예입니다. 두 사람의 관계가 재미있습니다. 왕권의 질서와 민중의 무질서입니다. 두 사람의 관계가 파탄으로 가는 2부 끝머리 장면은 생의 비극을 맛보게 합니다. 극중극에서 폴스타프와 왕자는 서로 다른 역할을 하면서 현실과 허구세계의 상반(相反)을 보여줍니다. 대중적 흥미를 고조시키는 교묘한 극작술이요, 연극적 카다르시스입니다. 그 재미에 본인도 압도당합니다. 폴스타프는 모순투성이입니다. 꿈속에서 웃고, 현실에서 눈물짓는 인생 그 자체의 부조리와 모순입니다. 인간의 본능적인 욕망이 이스트치프 선술집에 모인 사람들로부터 분출합니다. 엘리자베스 시대 대중들은 그랬습니다. 노도와 질풍이었습니다. 전란 속 사람들은 모두 그러합니다, 우리도 남들도 그랬습니다.

왕자와 폴스타프의 대조적인 상황을 상징적으로 보여주는 장면은 〈헨리 5세〉 전편에서 거듭거듭 강조되는 헨리 왕의 원정 이야기와 2막 3장의 폴스타프 입종 장면입니다. 헨리 5세가 파죽지세로 프랑스를 쑥밭으로 만들고 있을 때, 폴스타프는 런던의 주막집에서 쓸쓸히 숨을 거두고 있습니다. 퀴클리는 폴스타프의 임종을 봅니다. 폴스타프는 "홑이불을 만지작거리면서 꽃을 따는 시늉을 하며 손끝으로 꽃을 따고 싱긋 웃었다"고 퀴클리는 전합니다. 폴스타프는 "하느님, 하느님, 하느님" 하면서 숨을 거뒀습니다. 님 하사가 물었습니다. "술을 저주했다면서요?" 퀴클리는 응답했습니다. "그랬습니다." 바돌프는 물었습니다. "여자도?" 퀴클리는 응답했습니다. "여자는 저주하지 않았습니다." 옆에 있던 소년이 말했습니다. "저주했습니다. 여자는 악마의 화신(化身)이라고 말했습니다." 퀴클리는 응수했습니다. "화신(化身)이 아니라 화신(花信)이다. 카네이션 꽃을 싫어했어."(incarnate와 carnation을 병치하는 셰익스피어 특유의 언어 사용—역자 주) 헨리 5세는 계속해서 프랑스에 총을 내밀었습니다. 폴스타프는 꽃을 만지며 사랑과 평화를 몽상했습니다. 그는 파란만장의 유랑아였습니다. 반문화(anti-culture), 반기성질서(anti-establishment)를 부르짖으며 '총보다 꽃'을 주장한 1960년대 미국의 히피 문화를 연상시킵니다.

〈리처드 3세〉와 〈헨리 4세〉(2부작)를 읽으면서 나는 얀 코트의 말을 상기합니다. "역사는 아무런 의미가 없다. 역사는 정지되어 있다. 잔혹한 순환을 되풀이하고 있다." 전쟁의 역사를 보면 얀 코트의 말이 옳습니다. 전쟁은 끊이지 않고 계속되고 있습니다. 역사는 마치 돌고 도는 수레바퀴처럼 정지되고 있는 듯합니다.

이 나라에서 한때, 셰익스피어 역사극 공연은 허락되지 않았습니다. 셰익스피어 역사극은 국가 원수들의 형장(刑場)이었기 때문에 불온한 책으로 간주되었습니다. 브레히트의 작품과 셰익스피어 사극 공연이 금지된 사건은 우리 연극사의 오점이요 수치였습니다. 문민정부 시대에 그 금기는 풀렸습니다. 나는 명배우 권성덕 씨를 만나 〈리처드 3세〉를 국립극장 무대에 올리자고 말했습니다. 그 당시 국립극단 단장이었던 그는 대찬성이었습니다. 나는 즉시 번역에 착수했습니다. 〈리처드 3세〉는 김철리 연출로 국립극장 무대서 막을 올렸습니다. 리처드 3세 역을 기대했던 배우 권성덕은 단장 일로 다른 배우에게 주인공 역을 맡겼습니다. 마거릿 역을 맡은 여배우 이승옥은 연습을 끝내고 집에 돌아와서 심야에 자주 나에게 전화를 했습니다. 작품이 아주 마음에 든다고 하면서 작중인물의 성격에 대해서 나와 긴 대화를 나누곤 했습니다. 셰익스피어 대사가 이렇게 좋을 수 없다는 것이 이 배우가 자주 터뜨리는 찬사였습니다. 이 공연은 한국 초연이 되었습니다. 나는 이 공연이 암담했던 시대와 공명하면서 우리의 존경심과 자부심을 반영한 기념비적인 무대였다고 생각합니다.

〈리처드 3세〉 공연 후, 나는 폴스타프에 심취해서 〈헨리 4세〉(2부작)와

〈헨리 5세〉 번역을 했습니다. 나는 그 엄청난 일을 하면서 그지없이 행복했습니다. 셰익스피어 번역은 고생스러운 일인데, 나는 조금도 권태롭지 않았습니다. 폴스타프가 있었기 때문입니다. 왕궁과 선술집이라는 두 대조적이며 이질적인 공간에서 두 가지 인생 장면이 너무나 흥미롭게 진행되었기 때문입니다. 궁전 귀족들의 음산한 정치와 전쟁의 어둠은 왕자와 폴스타프의 자유분방한 삶의 희열과 환락으로 무섭게 대조되는 인생의 양면입니다. 이윽고 헨리 5세가 된 왕자는 폴스타프를 배척하고 체포합니다. 폴스타프의 절망은 이만저만 하지 않았습니다. 그가 너무 가련하게 느껴졌습니다. 이 장면은 삶의 비통한 현실입니다. 헨리 5세가 한 일은 지금까지 찬반 논란이 계속되고 있습니다. 〈헨리 4세〉는 내가 서울시극단장 시절에 연출가 김광보에게 부탁해서 무대에 올렸습니다. 당시로는 획기적인 무대미술과 탁월한 연기술, 그리고 정확한 작품 해석으로 관객의 박수갈채를 받은 명작무대였습니다.

셰익스피어 작품집을 새롭게 간행하게 되었습니다. 이 기회에 그동안 미루었던 전폭적인 수정작업을 단행했습니다. 해묵은 번역이어서 손댈 곳이 많았습니다. 새롭게 번역하고 단장해서 셰익스피어가 새롭게 세상으로 나가게 되어 감개무량한 느낌입니다. 힘써주신 푸른사상사의 한봉숙 사장님, 편집과 교정을 말끔하게 해주신 김수란 팀장과 편집진 여러분에게 깊은 감사의 뜻을 전합니다.

2024년 1월

옮긴이 이태주

The Second Part of King
Henry the Fourth

등장인물

풍설(風說)_ 서사역(序詞役)

왕_ 헨리 4세

클래런스 공 왕자(제2왕자)

태자 헨리(제1왕자)_ 후에 헨리 5세

랭카스터 공 존 왕자(제3왕자)

글로스터 공 험프리 왕자(제4왕자)

헨리 퍼시_ 노섬벌랜드 백작

요크 대주교

모브레이 경

헤이스팅스 공

바돌프 경

트래버스_ 노섬벌랜드의 부하

모턴_ 노섬벌랜드의 부하

존 콜빌 경_ 기사

워릭 백작

웨스트모어랜드 백작

서리 백작

존 블런트 경

가워

하코트

대법원장

대법원장의 하인

포인즈

존 폴스타프 경

바돌프

피스톨

피토

폴스타프의 시동

로버트 섈로_ 지방판사

사일런스_ 지방판사

데비_ 섈로의 하인

팽_ 주장관의 집행리

스네어_ 주장관의 집행리

몰디_ 병사

섀도_ 병사

워트_ 병사

피블_ 병사

불카프_ 병사

노섬벌랜드 백작 부인

퍼시 미망인

퀴클리_ 주모

돌 티어시트

폐막사를 말하는 무용수

프랜시스와 그 일행, 귀족들과 그 종자들, 문지기, 급사들, 풍기단속 관리들, 시동, 하인들, 악사들, 종막의 무용수들 등

장소

영국

제1막

프롤로그　워크워스, 노섬벌랜드 백작의 성 앞

전체에 혀 모양의 무늬가 그려진 옷을 입은 풍설 등장.

풍　설　자, 여러분들, 귀를 여세요. 풍설이 한바탕 와자지껄하게 떠들 텐데, 누가 귀를 막겠습니까? 해가 뜨는 동으로부터 해가 지는 서쪽 하늘까지, 바람 타는 파발마로 세상을 누비면서, 지상에서 일어나는 온갖 소문을 전달하고 퍼뜨리는 것이 나의 임무예요. 악담과 중상을 쉴 새 없이 혓바닥에 돌리며 굴리며, 세계 여러 나라 말로 옮겨놓고 마냥 지껄이면서 사람들 귀에 엉터리 소식을 퍼뜨리는 것이 나의 일이랍니다. 내가 평화를 속삭이면, 깊숙이 숨은 적대감이 평화의 미소 그늘에서 세상을 헐뜯습니다. 크게 부풀어 오른 이 세상 태내(胎內)에서 나는 포악한 전쟁의 아이가 태어난다고 떠들면서, 군인들을 집합시켜, 방위 준비를 하도록 만든 후, 실상 아무 일도 없고, 아무 소동도 없다면, 이 풍설 아니면 누가 그런 일 할 수 있나요? 유언비어는 추측과 시의(猜疑)와 억측이 부는 피리 소립니다. 그것은 대중이라는 백치의 괴물이, 무수한 머리를 흔들면서 항상 잉잉거리며 투덜대고 쉽게 불어대는 잡소립니다. 잘 아는 친구 사이인데 나의 실체를 설명

할 필요는 없겠죠. 그렇다면 왜 여기 풍설이 등장했는가요? 헨리 왕의 승전을 보았기 때문입니다. 왕은 슈루즈베리의 혈전에서 젊은 영웅 훗스퍼와 그의 군대를 격파했어요. 타오르는 반란의 불길을, 반역자의 피로 잡았습니다. 그러나 너무나 뻔한 사실을 내가 먼저 말해버렸으니, 이거 되겠습니까? 태자 해리 몬머스가 용감한 훗스퍼의 노기찬 칼을 맞고 쓰러졌으며, 왕은 분노한 반도(叛徒) 더글러스 앞에 엄숙하게 고개를 숙였을 뿐만 아니라, 왕의 죽음도 임박했다는 허튼소리를 퍼뜨리는 것이 나의 역할입니다. 실은 이 사람이 말씀이죠, 슈루즈베리의 전투장에서부터 시작해서 훗스퍼의 부친 노섬벌랜드 백작이 꾀병으로 누워 있는 낡은 성채에 이르기까지 마을이란 마을, 도시란 도시 방방곡곡에 이런 소문을 뿌리고 다녔답니다. 전령이 숨을 헐떡거리며 뛰어오는데, 들고 오는 소식은 몽땅 나로부터 들은 것이고, 풍설이 조작한 유언비어들이니, 달콤한 거짓말이지만, 그것은 불길한 소식보다 더 나빴다니깐요.

제1장 같은 곳

바돌프 경 등장.

바돌프   여봐라, 문지기 나와라!

문지기 등장.

백작은 어디 계신가?

문지기　누구시라고 여쭐까요?

바돌프　바돌프가 여기서 백작님이 오시는 것을 기다리고 있다고 전하게.

문지기　백작은 지금 전원을 산책하고 계십니다. 죄송합니다만 저 문을 두드려보세요. 백작님이 응답하실 겁니다.

　　　노섬벌랜드 등장.

바돌프　백작님이 오시는군. (문지기 퇴장)

노섬벌랜드　무슨 일인가, 바돌프 경? 요즘에는 일 분마다 무서운 일이 이 세상에서 일어나고 있네. 정말이지 소란스러운 세상이 되어버렸어. 전란이 배를 가득 채운 말처럼 고삐가 풀려 날뛰고 있다. 앞을 가로막는 것은 무엇이나 걷어차고 있네.

바돌프　백작님, 슈루즈베리에서 확실한 소식을 갖고 왔습니다.

노섬벌랜드　낭보였으면 좋으련만!

바돌프　더 할 수 없는 낭보입니다. 왕은 거의 치명적인 중상을 입었고, 해리 왕자도 아드님 홋스퍼 전하의 무력에는 꼼짝 못 하고 즉사했답니다. 또한 블런트 가의 두 사람은 더글러스 공의 손에 몰사당하고, 왕자 존, 웨스트모어랜드 공, 스태퍼드 공 등은 도망치고, 해리 왕자의 측근인 살찐 돼지 폴스타프는 아드님의 포로가 되었습니다. 그토록 멋지게 싸우고, 끝까지 쫓고, 그토록 멋지게 승리한 것은 시저 이래 처음 있는 일입니다. 이 영광은 역사에 오래 기록될 것입니다.

노섬벌랜드   그 정보의 출처는 어딘가? 슈루즈베리 전투장에서 그대의 눈으로 직접 목격했는가?

바돌프   아닙니다. 전쟁터에서 돌아온 남자의 얘기를 들었습니다. 그 사람은 집안이 좋고, 명망이 있는 훌륭한 신사였습니다. 방금 말씀드린 정보는 사실이라고 다짐해주었습니다.

노섬벌랜드   아, 트래버스가 돌아왔구나. 그 사람은 정보를 수집하라고 지난 화요일 내가 보냈었다.

　　　　　트래버스 등장.

바돌프   그 사람이라면, 제가 도중에 추월했습니다. 따라서 저에게서 들은 이야기 이상의 확실한 정보는 갖고 있지 않을 것입니다.

노섬벌랜드   여보게, 트래버스, 어떤 낭보를 갖고 왔는가?

트래버스   저는 존 엄프레빌 경을 만났습니다만, 낭보를 전해주고 저를 돌려보냈습니다. 그분의 말이 빨랐기 때문에 저를 앞질러 갔습니다. 그런데, 그 후에 한 신사가 숨을 몰아쉬면서 말을 몰아 달려왔는데, 제 곁에 오더니 피투성이가 된 말을 한숨 돌리고, 체스터로 가는 길을 물었습니다. 그래서 저도 슈루즈베리의 전황을 물어봤죠. 그 사람은 반란군의 대패배다, 젊은 해리 퍼시의 뜨거운 박차는 식었다, 이렇게 말했습니다. 그러고 나서 고삐를 잡고 말을 돌리더니 몸을 앞으로 꾸부리고, 허덕거리는 지친 말 옆구리를 뚫어져라 박차로 차더니, 쭉 뻗은 길을 삼킬 듯이 앞으로 향해 달려갔습니다. 그래서 더 이상 물어볼 수가 없었습니다.

노섬벌랜드   뭐야? 다시 한번 말하게! 젊은 해리 퍼시의 박차가 싸늘해졌다고? 불꽃 같은 박차가 얼음장 박차가 되었다고? 반군 쪽이 참 패했다고 말했는가?

바돌프 백작, 제발 들어보세요, 아드님이 승리를 거두지 않았을 리 없습니다. 만일 그런 일이 있다면 나는 공작 영토를 비단실 한 줄과 바꾸겠습니다. 저 말을 믿어서는 안 됩니다.

노섬벌랜드 그렇다면 왜 트래버스가 만난 사람이 패전 이야기를 했겠는가?

바돌프 그 남자 말이죠? 그 남자는 병신 육갑 떠는 놈인데, 타고 온 말도 훔친 말임에 틀림없습니다. 그런 놈의 얘기는 엉터리 거짓말입니다. 여기 또 소식이 오고 있습니다.

모턴 등장

노섬벌랜드 헌데 이 사람의 얼굴은 책의 표지처럼 비극의 내용을 예고하고 있는 것 같다. 격랑 때문에 황폐해진 해안의 황량한 흔적과도 같은 얼굴이다. 말하라, 모턴. 그대는 슈루즈베리의 전쟁터에서 왔는가?

모 턴 네, 슈루즈베리에서 달려왔습니다, 각하. 전쟁터에서는 징그러운 죽음의 사신이 추악한 가면을 쓰고 우리 편을 위협하고 있었습니다.

노섬벌랜드 내 아들과 동생은 어떻게 되었나? 너는 떨고 있구나. 너의 창백한 안색은 혀끝보다도 더 너의 용건이 무엇인지 잘 말하고 있다. 틀림없이 너처럼 생기를 잃고 의기소침하며 망연자실한 가운데 슬픔에 잠긴 송장 같은 얼굴의 남자가, 심야 프리아모스 왕의 침소에서 침대 휘장을 들어 올리며 트로이성이 반쯤 타버렸습니다라고 보고했을 때, 프리아모스 왕은 그 말을 듣기 전에 이미 알아차렸을 것이다. 나도 네가 입을 열기 전에 이미 아들의 전사를 알아차렸다. 너는 이렇게 말했을 것이다. "아들과 동생, 더글러스는 장렬하게 싸웠습니다." 그런 무용담으로 낭보에 굶주린 나의 귀를 막아놓고, 급기야는 내 귀를 완전히 틀어막으려는 듯, 지금까지의 칭찬을 박살 내는 탄식과 함께 이렇게 맺었을 것이다. "동생, 아들, 그리고 모두들 죽어갔습니다."

모 턴 더글러스 경과 아우님께서는 살아 계십니다. 그러나 아드님께서는······.

노섬벌랜드 글쎄, 죽었다니까. 혹시나 하는 의심은 얼마나 성급하게 혀 끝을 놀리나! 너무나 무서워 듣고 싶지 않은 것이 실제로 일어났을 때는 상대방의 눈을 보기만 해도 본능적으로 그것을 알아차릴 수 있다. 하지만 모턴, 말하게나. 백작의 추측은 크게 틀렸습니다라고 호통을 치게나. 나는 너의 욕설을 즐거운 모욕으로 감수하겠다. 더욱이나 나를 모욕한 데 대하여 너에게 상을 주겠다.

모 턴 백작님의 판단에 대해서는 아무런 이의도 제기할 수 없습니다. 통찰하신 그대로입니다. 염려하신 그대로입니다.

노섬벌랜드 그렇다 하더라도 퍼시는 죽었다고 말하지 말게. 너의 눈 속에는 야릇한 고백이 엿보인다. 너는 고개를 흔들면서 진실을 말하는 것은 두렵거나 죄가 된다고 생각하고 있는 듯하다. 죽었다면 죽었다고 말하게. 아들의 죽음을 말하는 혀에 죄는 없다. 죽은 자를 살아 있다고 거짓말하는 것이 죄가 된다. 죽은 자를 죽었다고 말하는 것은 비난을 받을 수 없다. 하지만 슬픈 소식을 제일 먼저 갖고 오는 자는 손해 보는 역할을 하고 있다. 그의 말소리는 떠나는 친구를 보내는 조종(弔鐘)과도 같다. 슬픈 종소리처럼 귓속에 언제나 남아 있기 때문이다.

바돌프 저는 아드님이 돌아가셨다고 생각하지 않습니다.

모 턴 정말이지 제가 보지 않았으면 좋을 뻔했던 일을 백작님이 믿도록 강요하는 일은 괴로운 일입니다. ……저는 이 눈으로 보았습니다. 아드님은 피투성이가 되어 해리 몬머스를 상대로 싸우다 지쳐, 숨을 헐떡이며 힘없이 응수하고 있었습니다. 왕자의 질풍 같은 분노의 칼을 맞고, 불패를 자랑하던 퍼시도 어쩔 수 없이 쓰러져서 두 번 다시 일어나지 못했습니다. 그 결과, 간단히 말씀드리면, 가장 우둔한 시골뜨기까지도 용기의 불을 지펴주던 분의 전사 소식이 전군에 알려지자 용맹무쌍한 장군들까지도 불이 꺼지듯 사기를 잃었습니다. 원래 우리 군대는 아드님의 강철 같은 용기로 훈련된 군대입니다. 그것이 없어지자, 나머지 군사들은 모조리 둔하고 무거운 납덩이처럼 휘어져서 쓸모없이 되고 말았습니다. 원래 무거운 물체는 일단 힘을 받으면, 그만큼 맹렬한 속도로 날아가는 법입니다. 홋스퍼를 잃고 마음이 무거워진 아군은 무게가 공포의 바람을 타고 목표물을 향해 나르듯이 나르는 화살처럼 전쟁터에서 자신의 안전을 위해 도망쳤습니다. ……바로 그때였습니다. 우스터 경이 눈 깜짝할 사이에 적에 의해 체포당했습니다. 또한 용맹한 스코틀랜드 사람인 잔혹하고 능통한 칼잡이 더글러스도 가짜 왕을 세 사람이나 무찔렀습니다만 마침내 기력이 쇠진하여, 등을 보이는 자에게 영예를 주듯 자신도 허겁지겁 도망치다가 공포심에 발이 걸려 넘어져 잡힌 몸이 되었던 것입니다. 요컨대 왕이 대승을 거두었습니다. 재빠르게도, 백작님을 치기 위해 왕자 랭카스터와 웨스트모어 랜드 백작의 지휘하에 토벌군이 오고 있다는 것을 보고드립니다.

노섬벌랜드 그 일에 대해서는 나중에 슬퍼하기로 하자. 독에도 약이 있는 법이다. 지금 그 흉보(凶報)를 접하니 건강한 몸이라면 병에 걸렸을 것이다. 그러나 병에 걸린 나는 오히려 다소 원기를 되찾았다. 이런 일은 흔히 있는 일이 아닌가. 열병에 걸려 수족의 관절이 망가져 힘 빠진 경첩처럼 된 중환자도 격심한 발작에 견디지 못하면 화약처럼 폭발하여 간호부의 팔에서 튕겨 나올 때가 있다. 내 팔다리가 지금 그렇다. 슬픔으로 몸이 쇠약해졌지만, 아픈 마음에 격려되어 평소보다 몇 갑절의 힘을 얻었다. 그러니 나약한 지팡이여! 너는 소용이 없다. 내가 지금 필요로 하는 것은 비늘 모양의 강철로 엮은 전투용 장갑이다. 환자용 두건은 필요 없다! 승리에 취한 왕후들이 노리는 이 머리를 너는 방어할 수 없다. 이 이마를 강철로 된 투구로 감싸다오. 자, 이제는 악의에 찬 세상이 보내는 어떤 역경의 시간이라도 오너라. 와서, 이 노섬벌랜드의 분노에 대적해보아라! 하늘도 무너져내려 땅에 부딪쳐라! 바다여, 자연이 정한 영역을 넘고 지상에 흘러넘쳐라! 질서는 없다! 이 세상은 끝없이 지리한 싸움의 장면을 연기하는 무대가 아니다. 연기자 각자에게 동생 죽인 카인의 심통을 불어

넣자. 각자가 잔인무도한 행위를 감행하려는 결의를 굳히면, 이 피투성이 연극도 끝날 수 있으며, 어둠이 죽은 자들을 묻어줄 것이다!

바돌프 백작님, 흥분하시면 몸에 해롭습니다.

모 턴 백작님, 분별심을 잃고 명예를 잊으시면 안 됩니다. 당신 편에 드는 우리들 생사는 오로지 백작님 건강에 달려 있습니다. 일시적인 격정 때문에 건강을 잃게 되면 우리 모두가 파멸할 수밖에 없습니다. 백작님께서는 "싸움에 뛰어들자"라고 말씀하시기 전에 전쟁의 결과와 예상되는 승패에 관해서 이미 충분한 검토를 하셨습니다. 격정 중에도 아드님의 죽음을 예측하셨습니다. 아드님이 벼랑 끝을 아슬아슬하게 걸어가기 때문에 건너가는 일보다는 떨어질 확률이 많다고 알고 계셨습니다. 아드님의 몸은 상처도 받을 수 있고 흠집도 날 수 있다는 것을, 아드님의 기질은 위험이 크면 클수록 스스로 찾아서 뛰어드는 호탕한 성격이라는 것을 백작님은 알고 계셨습니다. 그럼에도 불구하고 백작님은 "가라"고 말씀하셨습니다. 이토록 숱한 위험을 충분히 알면서도 아드님의 고집스러운 행동을 말리지 못하셨습니다. 그렇다면 그 결과 일어난 일은 이미 예측한 일로서 그 이상도 이하도 아니지 않습니까?

바돌프 이번 전쟁에 투입된 우리 모두는 십중팔구 목숨을 건질 수 없는 위험한 바다에 도전한다고 생각했습니다. 그럼에도 굳이 참전한 것은 눈앞에 놓인 이득 때문에 앞을 가로막는 위험을 잊어버렸기 때문입니다. 분명 우리는 좌절은 했습니다만, 다시 한번 더

전진합시다. 갑시다, 몸과 재산을 바쳐 모두들 일어납시다.

모 턴 때는 무르익었습니다. 그럴 수밖에 없는 것이, 백작님, 제가 들은 확실한 정보를 말씀드립니다만, 요크의 대주교는 장비를 갖춘 정예부대를 이끌고 참전하고 있습니다. 그는 육체와 정신의 힘으로 부하를 통솔하는 영도자입니다. 당신의 아드님은 병사들의 육체만으로, 말하자면 인간의 그림자, 그 형상(形相)만을 이끌고 전쟁터에 나타났습니다. 그것도 모반이라는 말 때문에 정신과 육체의 활동이 완전히 분리되어, 쓴 약을 삼키듯 억지로 강요당해 싸운 결과여서, 무기는 손에 들고 있었지만, 가슴속 정신은 모반이라는 말 때문에 얼어붙어 있었습니다. 그것은 마치 겨울 연못 속의 물고기 같은 것이었습니다. 그러나 대주교가 직접 출전한다고 하면 모반도 성전(聖戰)이 됩니다. 신과 양심에 부끄럽지 않은 마음내키는 거사라고 생각해서, 뒤따르는 병사들이 마음과 몸을 바쳐 싸워줄 것입니다. 더욱이나 폼프렛성 돌길에 흘린 리처드 2세의 피에 대한 복수라는 명분이 대주교의 군대에 붙어 다니기 때문에 하늘의 뜻이 되는 겁니다. 또한 볼링브로크의 압제하에서 피를 흘리고 허덕이는 조국을 방어하기 위한 싸움이라고 천하에 호소하면, 신분의 고하를 막론하고 대주교 깃발 아래로 사람들이 모여들 것입니다.

노섬벌랜드 그 말은 이미 들은 적이 있다. 실은, 방금 들은 슬픈 소식 때문에 모든 것을 잊어버렸을 뿐이다. 안으로 들어가자. 우리들의 안전을 지키고, 복수를 감행하기 위해 어떤 수를 써야 하는지 여러분의 지혜를 빌리고 싶다. 전국에 격문을 보내서 우군을 급히

끌어들이자. 동지들이 이토록 부족했던 때도 없었고, 이렇게 필요했던 때도 없었다. (퇴장)

제2장 런던, 거리

폴스타프 경 등장. 시동이 그의 칼과 방패를 들고 온다.

폴스타프 여봐, 꼬마 거인아. 의사는 내 오줌이 어떻다고 말하더냐?

시 동 의사 말씀은요, 소변은 건강한데, 소변 임자는 본인도 모르는 병이 수두룩하다는 겁니다.

폴스타프 어느 놈치고 나를 놀려대지 않는 놈이 없구나. 인간이란 몽땅 흙덩이 대가리들뿐이야. 내가 생각해주든가, 나를 이용해 생각하지 않으면 단 한 가지도 웃을 일을 생각하지 못하거든. 나는 지혜가 풍부해. 뿐만 아니라 남들까지 지혜가 넘치도록 만들어주고 있지. 내가 지금 이렇게 걷고 있으니 나는 새끼들을 모조리 밟아 죽이고 한 마리만 남겨놓은 어미 돼지가 된 것 같다. 왕자 놈이 너를 나에게 보낸 뜻을 알겠구나. 네 옆에서 내 몸이 커 보이도록 만들어서 나를 웃음거리로 만들 생각이야. 틀림없어. 너 같이 못생긴 놈은 내 발꿈치에 붙어 다니기보다, 내 모자에 얹혀 다니는 게 더 낫겠다. 나는 마노(瑪瑙) 구슬 같은 놈을 데리고 다닌 적이 일찍이 없었다. 정말로 마노 보석이라면 금이나 은으로 장식해주겠는데, 너는 그것도 아니니 어림도 없다. 싸구려 금속에 박아서 네 주인에게 돌려주겠다. 보석이라고 속여서 말이다. 턱주가리에 아직 털도 안 난 너의 어린 왕자한테 말이다. 그놈 뺨에 설혹 수염이 난다 하더라도, 내 손바닥에 먼저 나겠다. 그런데 그놈은 자기 낯짝이 용안(龍顔)이라고 우쭐댄단 말이다. 신의 은총으로 수염이 생길 수도 있겠지만, 지금은 어림도 없다. 아무리 용안이라고 뻐겨도 이발사는 그 상판 밀어주고 육 펜스도 받기 힘들어. 그런데도 제 아비 홀몸이 된 후에는 어른이 된 것처럼 허세를 부린단 말이다. 제멋에 겨워서 흥청대는데, 나는 딱 질색이다. 그런데, 덤블던 장인(匠人)은 내 반코트와 바지에 대해서 말이 없던가?

시 동 네, 바돌프보다는 더 확실한 보증인을 세워달랍니다. 바돌프의 증서도, 나리의 증서도 받지 않겠답니다. 보증인이 마음에 들지 않는답니다.

폴스타프 그놈 지옥에 떨어져라! 개자식 아히도벨(성경에 등장하는 인물. 다윗의 모사였으나 압살롬의 반란에 가담함—역자 주)처럼 지옥에 떨어져서 혓바닥이 불이 되어 타버려라! 저주받을 악당! "지당한 말씀입니다"라고 주접을 까면서 신사 양반을 속이는 놈! 나보고 보증인을 세우라고! 그놈의 중대가리 청교도들은 요즘에 높은 구두만 신고, 허리띠에 열쇠 다발을 차고 다니거든. 정직하게 신용으로 외상거래하자고 하면 보증인을 들먹인단 말이야. 보증인 타령으로 내 입을 막으려고 한다면 차라리 내 입에다 쥐약을 털어 넣으라지. 나는 정직한 기사의 이름으로 맹세하지만, 그놈은 비단 이십이 야드쯤은 꼭 보내줄 줄 알았는데, 보증인을 세우라고 나불대다니! 그놈 자식, 잘 때도 감시 보초를 세우는 게 좋겠다. 보초가 없으면 여편네가 바람을 피울 테지. 하지만 서방은 눈이 어두워 여편네 부정(不貞)을 볼 수가 없어. 꼴 좋다. 그런데, 바돌프 녀석은 어디 있나?

시 동 스미스필드 마시장(馬市場)에 어르신네 말을 사러 갔습니다.

폴스타프 나는 그놈을 세인트폴 사원 경내에서 샀다. 그 녀석이 내 말을 사러 스미스필드로 갔단 말이지. 그 녀석이 매춘굴에서 내 아내를 구해주면, 나는 하인에다, 말에다, 여편네까지 갖추게 되니 남자 대장부로 손색이 없네.

　　　대법원장과 그의 하인 등장.

시 동 아, 그 사람이 왔습니다. 바돌프 때문에 왕자로부터 구타당했던 사람이죠. 그 일 때문에 벌 준다고 왕자를 감옥에 넣은 사람이죠.

폴스타프 여봐, 따라와. 저 사람은 만나고 싶지 않다.

대법원장 누구냐, 저쪽으로 가고 있는 사람이?

하 인 폴스타프입니다, 각하.

대법원장 강도죄 용의로 고발된 사람이지?

하 인 네, 그렇습니다. 하지만, 그 후 슈루즈베리 전투에서 공훈을 세워, 지금은 약간의 부대원을 이끌고 랭카스터 공 존 전하의 진영에 갈 예정입니다.

대법원장 음, 요크 공이라? 불러오너라.

하 인 존 폴스타프 경!

폴스타프 가서 나는 벙어리라고 말하라.

시 동 더 큰 소리로 말하세요. 주인은 귀가 들리지 않습니다.

대법원장 그럴 거다. 덕담에는 귀가 멀지. 상관없어. 가서 팔꿈치를 잡고 끌고 오너라. 꼭 할 말이 있다.

하 인 존 경!

폴스타프 뭔가? 새파란 악동이 구걸하고 있어? 지금은 전쟁 중이다. 일자리는 어디나 있지? 임금님도 일손이 부족하셔. 적군들도 병정들이 모자라서 고생하고 있어. 임금님 곁에 서야지 다른 쪽에 붙으면 불명예스러운 일이야. 하지만 구걸은 나쁜 놈한테 가담하는 것보다 더 불명예스러운 일이다. 비록 그 사람이 모반인이라는 악명 이상의 이름을 갖고 있다 하더라도.

하 인 오해를 하고 계십니다.

폴스타프 내가 자네를 정직한 사람이라고 말했는가? 그렇다면 실례했네. 내가 기사이며 무인인 것은 제쳐두고라도, 내가 만에 하나라도 그런 말을 했다면 실언이었네.

하 인 실례입니다만, 당신이 기사이면서 무인인 것은 잠시 제쳐놓고서라도, 저를 정직하지 못한 인간이라고 말씀하셨다면, 대단한 실수를 하셨다고 감히 말씀드립니다.

폴스타프 감히 말씀드린다고! 타고난 기사요 무인인 나를 어디에다 제쳐놓겠다는 거냐? 네가 할 수 있다면 내 목을 쳐라. 네 멋대로 할 수 있다면 너야말로 목을 잘라라. 너, 사람 잘못 봤어. 썩 꺼져버려!

하 인 어르신네, 우리 주인 양반이 말 좀 하고 싶답니다.

대법원장 존 폴스타프 경, 한마디 들어봐요.

폴스타프 아, 법원장 각하! 안녕하십니까. 외출하신 모습을 보니 기쁘기 한량없습니다. 각하께서는 몸이 편찮다고 들었습니다만, 의사의 권고로 산책 나오셨습니까? 각하께서는 아직도 몸은 청춘인데, 파고드는 나이라든가, 인생의 황혼이라든가, 그런 기미가 엿보입니다. 아무쪼록 건강에 유의하세요.

대법원장 존 경, 그대는 슈루즈베리 전투에 참전하기 전에 법정 소환장을 받았을 터인데.

폴스타프 네, 각하, 저도 들었습니다. 국왕 폐하께서는 지극히 언짢은 생각으로 웨일스에서 돌아오셨다고요.

대법원장 폐하에 관한 얘기가 아니다. 너는 소환장을 받고도 출두하지 않았어.

폴스타프 아, 그 얘기도 듣고 있습니다. 폐하께서는 그 빌어먹을 뇌졸중으로 쓰러지셨다고요.

대법원장 하루속히 쾌유하시기를 빌겠소! 그 일보다는 당신에게 할 얘기가 있어.

폴스타프 각하, 이 뇌졸중이라는 것은 일종의 혼수상태에 빠지는 병인데, 혈액의 악순환 때문에 지독하게 쑤시는 모양입니다.

대법원장 왜 그런 얘기를 끄집어내나? 그런 건 아무래도 좋아.

폴스타프 그 원인은 깊은 슬픔이나, 지나친 정신의 과로 때문이라 합니다. 그리스의 명의, 갈린의 저서에 적혀 있는 것을 읽었습니다. 말하자면 일종의 귀머거리 상태라 합니다.

대법원장 자네도 그 병에 걸린 듯하네. 내 말을 못 알아듣지 않나?

폴스타프   각하, 바로 그겁니다. 사실 저는 사람의 말에 귀를 기울이지 않고, 주의를 기울이지 않는 병에 걸려 고민하고 있습니다.

대법원장   족쇄를 채워 감옥에 처넣으면, 귓병도 낫겠지. 내가 그 의사 역할을 해볼까?

폴스타프   나는 「욥기」의 주인공처럼 가난하지만, 그렇게 참을성이 있는 것은 아닙니다. 덕망이 높으신 각하께서는 가난한 저에게 투옥이라는 처방을 하시지만, 인내심이 없는 환자의 소망으로서는 그런 난폭한 처방에 따를 수가 없습니다. 현인은 매사에 신중해야 하며, 위태로운 일에는 접근하지 않는 법이죠.

대법원장   법원으로 출두할 것을 명령한 것은 너의 사형을 청하는 고발이 있었기 때문이다.

폴스타프   제가 출두하지 않았던 것은 군사활동 법률에 능통한 변호사의 조언이 있었기 때문이죠.

대법원장   하지만 존 경, 너는 누명을 쓰고 있다.

폴스타프   이토록 큰 허리띠를 두르고 있는 저 같은 자는 더 작은 옷을 입을 수는 없습니다.

대법원장   수입은 형편없는데, 씀씀이가 큰 것이 의심스럽다.

폴스타프   수입은 좋으나, 뱃살이 덜 붙었으면 좋겠습니다.

대법원장   젊은 왕자를 탁한 길로 오도한 자가 너지.

폴스타프   젊은 왕자가 저를 오도했습니다. 이렇게 살쪘으니 혼자서는 움직일 수 없어요. 나는 눈 먼 거지요, 왕자는 나를 끄는 인도견(引導犬)이 됐어요.

대법원장   치유된 상처를 긁어 부스럼하고 싶지는 않다. 그대가 슈루즈베리 전투장에서 행한 주간 활동이 개즈힐에서 한 야간 활동을 말소시켰다고 생각한다. 그 소송 사건이 조용하게 끝난 것은 어수선한 시대 덕분이라고 생각해서 고맙게 생각하게.

폴스타프   각하, 그렇다면?

대법원장   만사 평온하게 마무리되었으니 그대로 놔두기로 했네. 잠자는 늑대를 깨우지 말게.

폴스타프   늑대를 깨우는 것은 여우 냄새를 맡는 것과 같습니다.

대법원장   뭐야, 내가 늑대냐! 너는 다 타버린 촛불이야.

폴스타프   기름을 담뿍 먹은 연회용 큰 양초입니다. 제 몸이 밀랍으로 되어 있는 것은 환하게 타고 있는 기름 덩어리 몸이 증명하고 있습니다.

대법원장   흰 수염이 보이니 점잖은 태도를 보여야지.

폴스타프   고기 맛을 잊을 나이가 아니죠.

대법원장   그대는 젊은 왕자를 악귀처럼 따라다니고 있어.

폴스타프   그렇지 않습니다. 나쁜 천사화폐(십 실링의 금화)는 무게가 가볍죠. 하지만 이 폴스타프는 무게를 달지 않아도 보면 압니다. 나는 묵직합니다. 하지만, 때로는 걸음걸이가 쉽지 않다는 것을 인정합니다. 뭐라 말해야 할까…… 이런 물질만능 장삿속 이기주의 시대에는 살기 힘들죠. 진정한 용기도 묵살되는 판이니깐요. 똑똑한 사람이 술집 급사가 되어 돈 계산하느라 두뇌를 낭비하고, 아무리 재능이 탁월한 사람도 이런 형편없는 시대에는 까치밥나무 열매 한 톨의 가치도 없어요. 도대체가 나이 드신 당신네 양반들이 우리들 젊은이들의 기분을 몰라주는 것이 문젭니다.

자기들 담즙의 쓴맛을 갖고 우리들 간장의 열기를 재려고 하거든요. 솔직히 말하면 우리 젊은이들은 방탕한 기질도 있습니다.

대법원장 자네는 여전히 젊은이들 명부 속에 이름을 얹고 있을 작정인가. 자네 얼굴에는 주름살로 늙은이라고 적혀 있는데? 눈은 축축하고, 손은 까실까실하고, 두 뺨은 누렇게 시들었어. 흰 수염에 다리는 오그라들고, 배만 불룩하게 나와 있지 않은가? 찢어진 목소리에, 숨을 몰아쉬는 자네는 이중턱에다, 머리는 단세포요, 오장육부 신체 구석구석이 노령으로 쪼그라들고 있네? 그런데도 여전히 젊다고 말할 수 있는가? 어림도 없다, 존 경!

폴스타프 아니올시다, 각하. 제가 태어난 때가 오후 세 시였습니다. 태어날 때부터 백발이 성성했고, 배불뚝이였습니다. 목소리가 쉰 것은 사냥터에서 사냥개 모느라 고함친 탓이요, 찬송가 때문입니다. 이 이상 더 저의 젊음을 주장하는 일은 삼가겠습니다. 사실상 제가 나이를 먹고 있는 것은 판단력과 이해력뿐입니다. 그래도 일천 마르크를 걸고 높이뛰기 시합을 하겠다는 사람이 있으면, 언제나 상대해주겠습니다. 그 돈은 제가 빌려야 되겠죠. 왕자가 당신에게 한 방 올린 저 싸대기는 왕자로서는 무분별하고 부끄러운 일이었습니다. 그 일을 태연하게 받아들인 것은 각하의 훌륭하신 태도였습니다. 소생은 왕자를 꾸짖고 야단쳤습니다. 그 젊은 사자는 지금 후회하고 있습니다. (방백) 실은 삼베옷 걸치고 재 뿌리며 고행을 하는 것이 아니라 비단옷과 술독에 빠져 수행 중입니다.

대법원장 정말이지, 왕자는 더 좋은 친구가 있어야 해!

폴스타프　맞습니다, 왕자는 더 좋은 친구가 있어야 합니다! 저는 손을 뗄 수 없어요.

법원장　그런데 폐하께서는 자네와 왕자를 떼어놓았어. 들어보니, 자네는 랭카스터 공 존을 수행해서 요크 대주교와 노섬벌랜드 백작 토벌에 나서기로 돼 있다네.

폴스타프　그렇습니다. 그런 조치를 내려주신 각하께는 감지덕지하고 있습니다. 댁에 남아서 평화라는 이름의 여인과 입 맞추고 있는 여러분에게 말씀드리지만 무더운 날에는 전투를 하지 않도록 빌어주시기 바랍니다. 저에게는 내의가 두 벌밖에 없기 때문이죠. 땀에 젖으면 곤란합니다. 더운 날에는 술병만 만지고 싶어요. 그러면 흰 침을 뱉지 않을 겁니다. 위험한 일만 생기면 언제나 제가 끌려 나온단 말입니다. 저도 오래가지 못할 것입니다. 영국 사람의 나쁜 버릇이지요. 무엇이든 쓸 만한 것이 있으면 홀랑 써 먹어버린답니다. 저를 노인 취급하려면 좀 쉽게 내버려두세요. 저의 용맹한 이름이 적군들에게 알려지지 않았어야 옳았어요. 이 몸은 영원히 움직이는 기계가 아닙니다. 닳고 닳아빠지는 것보다는 녹이 나서 삭아버리는 것이 낫습니다.

대법원장　정직하게, 열심히 살게. 무운을 비네!

폴스타프　각하, 군자금으로 일천 파운드 빌려주시겠습니까?

대법원장　한 푼도 없다. 땡전 한 푼도 없다. 고생을 참고 견뎌야지. 잘 가게. 내 친척인 웨스트모어랜드에게 안부나 전해주게. (법원장이 하인과 퇴장)

폴스타프　그런 안부 전할 바에는 나를 대망치로 퉁겨 날려 보내는 편이 낫다. 노인의 탐욕을 제거하지 못하는 것이나, 청년의 색욕(色慾)을 없애지 못하는 것이나 매일반이로구나. 늙은이는 통풍으로 신음하고, 젊은이는 매독으로 고생한다. 그런데, 나는 어느 쪽도 저주할 수 없구나. 이놈, 시동아!

시 동 네?

폴스타프 호주머니에 돈 얼마 있나?

시 동 칠 그로트하고 이 펜스입니다.

폴스타프 가난병은 치료할 길이 없구나. 차입금으로 간신히 목숨은 부지하고 있지만, 그 병을 완치할 수는 없구나. 여봐라, 이 편지를 랭카스터 공에게 전하라. 이 편지는 왕자 앞으로 가는 거다. 이것은 웨스트모어랜드 백작이다. 그리고 이 편지는 나이 든 정부 어슐라에게 갖다 주어라. 그 여인에게는 이 턱부리에 흰 수염이 난 이후 일주일에 한 번씩은 결혼 약속을 계속해왔다. 부탁한다. 내가 있는 장소는 알고 있겠지. (시동 퇴장) 에이, 이 통풍아, 에이, 이 매독아, 그들 가운데 한쪽이 내 엄지발가락을 짓누르고 있다. 절뚝거려도 좋다. 전투에서 입은 명예의 부상이라고 하면 된다. 연금을 받는 구실이 되지 않는가. 지혜가 있는 자는 무엇이나 이용한다. 병도 이용하면 도움이 되는 거다. (퇴장)

제3장 요크 대주교의 저택

대주교, 모브레이 경, 헤이스팅스 공, 바돌프 경 등장.

대주교 우리들이 거사를 하게 된 이유와 군비 전략에 관해서는 이상으로 알았을 것입니다. 그런데 여러 경들, 승패 여부에 관한 기탄 없는 의견을 듣고 싶소. 우선 의전경(儀典卿)에게 묻겠는데, 어떻게 생각하오?

모브레이 거사의 이유에 관해서는 저도 납득할 수 있었습니다. 다만 군비에 관해서는 자세한 설명이 있으면 좋겠습니다. 왕의 군대는 막강합니다. 그들 군대에 두려움 없이 대항할 만한 전력이 우리에게 있습니까?

헤이스팅스 이 명부에 의하면, 현재 우리 군에는 정병(精兵) 이만 오천이 소집되어 있습니다. 여기에 노섬벌랜드 백작의 지원군에 기대를 걸 수 있습니다. 백작의 가슴속에는 왕으로부터 받은 부당한 처우 때문에 분노의 불꽃이 활활 타고 있소.

바돌프 그렇다면, 헤이스팅스 공, 우리가 직면한 문제는 바로 이것입니다. 노섬벌랜드 백작의 원군이 오지 않는 경우에, 우리들은 현재 병력 이만 오천으로서 왕에 대항할 수 있는가 없는가 하는 것이죠.

헤이스팅스 원군이 있는 경우에만 대항할 수 있습니다.

바돌프 그렇습니다. 바로 거기에 난관이 있습니다. 만약에 원군 없이는 역부족이라 한다면, 지원군이 도착할 때까지 이 일에 너무 깊이 빠지지 않는 것이 상책입니다. 이토록 생사를 거는 혈전에 임할 때에는 지원이 불투명한 원군을 처음서부터 예상하고, 기대하고, 의지한다는 것은 절대 금물입니다.

대주교 그렇습니다. 바돌프 경. 슈루즈베리에서의 홋스퍼가 좋은 예가 됩니다.

바돌프 그렇습니다. 대주교, 홋스퍼는 다만 허망한 기대와, 허망스러운 약속만을 믿고 스스로 독려하면서 그가 생각했던 최소한도의 병력에도 미치지 못하는 적은 숫자로 큰 기대를 걸었다가 스스로 속은 것입니다. 그 결과는 아시다시피, 미친 사람 같은 망상에 사로잡혀, 눈 감고 전군을 궁지에 몰아넣었을 뿐만 아니라, 자기 자신도 파멸의 길을 걸었습니다.

헤이스팅스 그렇지만 한마디만 말한다면, 앞으로의 희망을 구체적으로 예상하고, 그려보는 것은 해롭지 않을 것입니다.

바돌프 아닙니다. 손해가 됩니다. 만일에, 목전에 임박했다기보다는 이미 시작된 이 전투가, 봄에 피어나는 싹을 보고 가을의 열매를 기대하는 하염없는 희망에 의존한다면, 그런 기대는 때아닌 찬서리를 만나는 두려움이나 절망과도 같은 것이어서, 아무런 보장이 되지 않습니다. 말하자면 우리들이 집을 지으려고 할 때, 우선 대지를 측량하고 이어서 설계도를 만들지요. 집 전체의 형태가 정해졌을 때, 이번에는 건축 비용 견적을 내야 합니다. 그런데 비용이 우리들의 지불 능력을 상회하는 것이라면, 설계를 뜯어고쳐 방을 줄이든가, 아니면 건축 자체를 단념할 수밖에 없습니다. 그런데 이번 일은 나라 전체를 거의 무너뜨리고, 새로운 왕국을 세우려는 대공사입니다. 당연히 우리는 건축용 대지를 면밀하게 측량하고, 설계도를 빈틈없이 작성해서, 기초공사를 철저하게 하기 위해서 전원의 의견을 조정하고, 측량 기사들과도 협의를 합니다. 그리고 자신의 재산을 파악해서 여러 장애를 극복하면서 대공사를 수행할 재산이 있는지를 검토해야 합니다. 그렇지 않으면, 우리들은 다만 종이 위에서 숫자로만 무장하고, 병졸 대신에 병졸 이름을 나열하여 도상(圖上) 작전만을 펼치고 있는 꼴이 됩니다. 말하자면 건축 예산을 상회하는 큰 집을 설계하다 보니, 공사 중간에 계획을 포기하고, 전 재산을 투자하여 건축 중인 가옥을 벌거숭이로 남겨두어 비바람 엄동설한에 버린 채, 썩어서 폐허가 되는 것을 막을 수 없게 됩니다.

헤이스팅스 아닙니다. 우리들의 희망은 결실을 맺을 것입니다. 만약에 그 일이 유산된다 하더라도, 단 한 사람의 원군도 오지 않는다 하더라도, 우리들은 현재의 병력만으로도 충분히 왕의 군대와 대등하게 싸울 수 있는 힘을 비축하고 있다고 생각합니다.

바돌프 그렇다면 왕의 군대도 이만 오천을 넘지 않는다는 말입니까?

헤이스팅스 바돌프 경, 우리는 그 이하인지도 모르겠소. 왜냐하면 현재 세 곳에서 벌어지고 있는 난동 때문에 왕은 병력을 삼등분하였습니다. 군대 일부는 프랑스로, 또 다른 군대는 글렌다우어로, 나머지 삼분의 일 군대는 우리들과 대치하기 위해 있습니다. 이 때문에 왕권은 지금 세 갈래로 쪼개지고, 왕의 국고는 지금 바닥나 있습니다. 때리면 공허한 메아리로 울립니다.

대주교 왕이 분산된 병력을 하나로 통합해서, 전군이 대거 우리를 공격

하는 일은 없다고 봐야 할 것입니다.

헤이스팅스 만일에 그런 일을 한다면, 왕의 배후는 무방비가 되며, 프랑스, 웨일스 양군으로부터 등을 물리게 됩니다. 그 일은 걱정 마세요.

바돌프 이곳으로 지금 왕의 군대를 이끌고 오는 자는 누구인가?

헤이스팅스 랭카스터 공작과 웨스트모어랜드 백작일 것입니다. 웨일스 군은 왕 자신과 왕자 해리가 맡고 있을 것입니다. 하지만 프랑스 군에 대해서는 누가 지휘권을 잡고 있는지 확실한 정보를 입수하지 못하고 있습니다.

대주교 그러면 출발합시다. 우리들이 거사한 이유를 천하에 밝혀야 합니다. 지금 백성들은 자신이 스스로 선출한 국왕에 대해 싫증을 느끼고 있습니다. 너무나 사랑한 까닭에 식상한 것입니다. 민심만을 토대로 한 집은 흔들리고 위태롭습니다. 아아, 어리석은 대중들이여, 너희들은 한때, 너희들이 원한 대로 볼링브로크가 왕좌에 앉기 전, 하늘을 울리는 환호 소리로 그에게 축복을 안겨주었다! 그러나 지금 그가 너희들이 원했던 영광에 안길 때, 얼마나 더러운 식성이냐, 벌써 식상해서, 스스로 욕지기를 내어 그를 토해내려고 하는구나. 그렇다면 너희들 개들아, 죽은 리처드 왕을 너희들의 탐욕스러운 가슴에서 토해내었다. 그런데도 지금 너희들은 토해낸 시체를 먹고 싶어서 찾아 헤매고 있다. 울부짖고 있다. 이런 놈들을 믿을 수 있는가? 리처드 왕이 살아 있을 때에는 그의 죽음을 원했던 놈들이, 지금은 그의 묘지에 뜨거운 연정을 바치고 있구나. 죽은 왕이 세상 칭찬을 한 몸에 받고 있는 볼링브로크 뒤를 따라 런던시를 한숨 지으며 끌려다닐 때, 그의 머리 위에 오물을 던졌던 너희들이, 지금은 "오, 땅이여, 저 임금을 돌려다오, 저 임금을 갖고 가자!"라고 아우성치네. 아, 저 주받을 인간의 마음이여! 과거와 미래는 아름답게 보이지만, 현재는 추악해 보이는구나.

모브레이   그렇다면 전군을 소집합시다. 출진해야 되는 시간입니다.

헤이스팅스   인간은 시간의 노예이다. 그래서 시간의 명령을 들어야 한다. (일동 퇴장)

제2막

제1장 런던, 거리

주모 퀴클리가 주장관의 집행리 팽 및 그의 시동과 함께 등장. 뒤
따라 스네어 등장.

퀴클리 팽 나리, 고발하셨습니까?

팽 했습니다.

퀴클리 나리 부하는 어디 있나요? 그분은 센 사람이죠. 괜찮겠습니까?

팽 여봐, 스네어, 어디 있나?

스네어 여깁니다.

팽 스네어, 존 폴스타프 경을 체포해야 돼.

퀴클리 그렇습니다. 스네어 나리, 내가 고발했어요. 그 밖의 수속도 취
했습니다.

스네어 우리들은 생명 걸고 하는 일입니다. 그놈은 툭하면 칼부림이죠.

퀴클리 아, 가엾게도, 그 사람 조심하세요. 그놈은 우리 집에서도 나를
찔렀어요. 갑자기 짐승처럼 달려들었지요. 그놈은 한 번 칼을 뺐
다 하면 무슨 짓을 할는지 알 수 없어요. 악마처럼 닥치는 대로
찔러대는 겁니다. 남자고, 여자고, 아이고 용서 없어요.

팽 그놈과 맞붙어 싸울때, 그놈이 찔러도 나는 문제없다.

퀴클리 나도 끄떡없어요. 나도 옆에서 편들어 드릴게요.

팽 한 방 먹이고, 내 손아귀에 잡히는 날이면…….

퀴클리 그놈이 도망치면 나는 끝장입니다. 정말입니다. 그놈이 나한테 진 빚은 무한정입니다. 팽 나리. 그놈을 잡아주세요. 스네어 나리, 그놈을 꼭 잡아주세요. 그놈은 파이 코너에 곧잘 갑니다. 마구(馬具)를 사기 위해서죠. 나리 앞에서 염치 불고하고 말씀드린다면, 안장 사러 간다는 겁니다. 그리고 나서 럼버트 거리의 명주 포목점인 표범 머리 간판을 건 스미스 씨 댁에 저녁식사 초대를 받곤 했죠. 내가 고발했다는 것은 온 세상이 알게 되었으니, 제발 그놈을 재판정에 끌어내주십시오. 백 마르크는 혼자 사는 가련한 과부에게는 힘겨운 차용금입니다. 그 일을 나는 참고, 견디고, 참고 참으면서 매일 연기되다가 오늘까지 속아왔습니다. 생각만 해도 부끄러운 일이죠. 이렇게까지 속이는 것은 여자를 바보 천치, 짐승 취급을 하기 때문이에요. 악당들의 수작을 참기만 하고 산다니 말이죠.

폴스타프, 바돌프, 그리고 시동 등장.

퀴클리 아, 그놈이 왔습니다. 빨간 코 악당 바돌프도 함께 왔어요. 자, 출동하세요, 팽 나리, 스네어 나리, 출동하세요, 제발, 제발 저를 위해 일을 해주세요.

폴스타프 왜들 야단이야? 왜 이렇게 법석을 떠느냐?

팽 존 경, 나는 당신을 주모 퀴클리의 고발로 체포하오.

폴스타프 썩 물러가라. 쌍놈아! 바돌프, 칼을 뽑아라! 저놈 목을 쳐라! 저

화냥년은 시궁창에 처넣어라!

퀴클리 나를 시궁창에 넣어? 네놈을 처넣겠다. 해보겠다고? 해보겠으면 해보아라. 이 잡놈 악당아! 살인이야! 살인! 이놈의 살인 악당놈아! 신의 관리도, 왕의 관리도 죽일 참이냐? 어디 보자, 이놈의 살인 악당 놈아! 너는 살인자다. 남자 살인자다. 여자 살인자다.

폴스타프 바돌프, 저놈들을 내쫓아라!

팽 원군이다! 원군이다!

퀴클리 보세요, 원군을 한둘 모셔오세요. 해보겠으면 해봐라. 해봐라. 해봐, 이놈아! 악당 놈아!

시 동 물러가라, 이년! 잡년아! 왈패 년아! 꽁무니를 간지러주겠다!

　　　고등법원장이 수행원들을 인솔하고 등장.

법원장 무슨 일인가? 진정들 하라, 진정해!

퀴클리 아, 법원장님, 제발 살려주세요. 제 편에 서주세요.

법원장 존 경, 어찌 된 일인가? 이 싸움판은 어찌 된 영문인가? 이 짓거리가 너의 지위, 나이, 임무에 알맞는 일인가? 이미 요크로 가고 있어야 했지? 그 남자를 놔주게. 왜 그토록 물고 늘어지는가?

퀴클리 오 존경하는 법원장님, 감히 말씀드립니다만 저는 이스트치프의 불쌍한 과부입니다만 저의 고발로 이 남자는 체포될 참입니다.

법원장 얼마나 빚을 졌는가?

퀴클리 얼마 정도가 아닙니다. 저의 전 재산입니다. 우리 집을 몽땅 털

어먹고 닥치는 대로 저 살찐 배때기 속에 쑤셔 넣었습니다. 그중
얼마간이라도 **뺏어야** 합니다. 아니면 매일 밤 꿈자리서 네놈을
말을 타고 혼쭐낼 테다.

폴스타프 상대 나름이지만 올라탈 일이라면 내가 능수다.

법원장 존 경, 어째서 이 지경이 되었는가? 꼴사납다! 이렇게 씹히고 볶
이면 천하 군자라도 어쩔 수 없지. 하지만 가난한 과부를 어떻게
등쳐먹었기에 이토록 험한 수단으로 나오게 하는가? 그대는 창
피하지도 않는가?

폴스타프 내가 빌린 돈이 모두 얼만가?

퀴클리 당신 약속이 진정이라면, 돈하고 당신 몸이요. 당신 나한테 맹세
했지. 반 금박 입힌 술잔에 걸고, 우리 집 돌고래 방에서 원탁 테
이블에 앉아 석탄 난로 앞에서, 강림제(降臨祭) 수요일 날에. 바
로 그날, 당신은 왕자한테 머리를 얻어맞고 박살 났었죠. 임금님
이 윈저 가수를 닮았다고 말했기 때문이었죠. 그때 내가 당신 머
리를 씻어주었더니 당신이 결혼해서 나를 아내로 삼겠다고 맹세
했었죠. 당신 그 말 부인할 수 있어요? 바로 그 순간 푸줏간 마나
님 키치가 와서 나를 보고 여봐 내 친구 퀴클리, 식초 좀 빌려줘
라고 말했었죠. 그녀가 참새우를 잔뜩 갖고 왔다는 말에 당신은
나도 좀 먹어봤으면 했어요. 나는 여보 새우는 상처에 나빠요라
고 말했지요. 푸줏간 아줌마가 계단 아래로 내려가자 앞으로는
저런 천한 여자와 상종하지 말라고 했어요. 내가 저런 여자로부
터 마나님이라는 존댓말을 들을 날이 곧 온다나요. 그리고는 나
에게 키스를 하면서 삼십 실링이라도 좋으니 갖고 오라고 우쭐

대며 말했어요. 자, 성경책에 손을 얹고 내 말이 거짓인지 말해봐요.

폴스타프 각하, 이 여자는 가련하게도 미친 여자입니다. 거리를 싸돌아다니며 자신의 아이가 각하를 닮았다고 지껄여댑니다. 그동안 온전하게 살아왔는데 가난 때문에 정신이 나가버렸습니다. 이 어리석은 관리들에 대해서는 명예훼손의 손해배상을 청구하도록 허락해주십시오.

법원장 존 경, 존 경, 진실을 거짓으로 꾸며대는 너의 행실을 나는 잘 알고 있다. 아무리 그럴듯한 얼굴을 꾸미고 뻔뻔스럽게도 수다스런 말을 늘어놔도 나는 냉정한 판단력을 잃지 않는다. 너는 유혹에 약한 이 여인의 약점을 이용해서 재물은 물론이거니와 몸까지 빼앗았구나.

퀴클리 네, 그렇습니다. 각하.

법원장 너는 잠자코 있거라. 이 여자에게 빌린 돈을 갚고, 그동안 저지른 죄과에 대해서도 보상을 하라. 한쪽은 주머니 돈을 털면 되고, 또 한쪽은 마음으로 참회하면 된다.

폴스타프 각하, 이토록 호되게 꾸중을 들으니 가만히 물러설 수 없습니다. 각하는 정당하고도 용기있는 직언을 염치없는 뻔뻔스러움이라고 말했습니다. 그저 허리를 굽실거리며 말이 없으면 성인군자라고 말합니다. 각하, 저의 신분은 잊지 않겠습니다만은, 다만 각하에게 무조건 복종하는 일은 할 수 없습니다. 어찌 되었든 이 관리들로부터 저를 풀어주십시오. 저는 국왕 폐하의 명을 받들고 급히 가야 하는 몸입니다.

법원장 마치 악행을 할 수 있는 권리를 가진 사람처럼 말하네. 그러나 자네의 명예를 생각해서 이 불쌍한 여자에게 충분한 보상을 해야 한다.

폴스타프 그렇다면, 주모, 이리 오시오. (주모를 구석으로 끌고 간다)

　　　가워 등장.

법원장 아니, 가워가 아닌가, 무슨 일인가?

가　워 각하, 국왕 폐하와 해리 왕자가 곧 도착하십니다. 자세한 내용은 이 서신을 보시면 됩니다. (편지를 준다)

폴스타프 걱정 말게, 나는 신사이니깐!

퀴클리 전에도 그렇게 말했죠.

폴스타프 나는 신사이니깐 그 얘기는 그만둬라!

퀴클리 이 거룩한 대지를 두고 말합니다다만 쟁반도 식당의 벽걸이도 모두 전당포에 넣어야겠어요.

폴스타프 술잔이야, 술잔만 있으면 술을 마실 수 있어. 벽에는 말이다, 간단한 그림이나, 방탕아의 풍자화나, 독일인이 사냥하고 있는 수채화 등이 파리똥 투성이의 벽걸이보다는 훨씬 낫다. 십 파운드가량 어떻게 안 될까? 툭하면 성깔을 부리는 당신의 버릇만 없으면, 당신은 영국 최고의 여자야. 어서 얼굴을 씻고 오게나. 고발은 취소하는 거다. 나한테 자꾸 억지를 부리면 못써. 내가 어떤 남자인지 모르겠냐? 아니, 이것 봐, 너는 어떤 놈한테 사주를 받았구나.

퀴클리 여봐요, 존 경, 팔 파운드로 해둡시다. 그 쟁반만은 잡히고 싶지 않아요. 네, 좋겠죠, 그렇게 합시다.

폴스타프 걱정 마라. 돈은 딴 데서 변통하겠다. 너는 평생 바보로 남는 거다.

퀴클리 할 수 없네, 내가 돈을 마련할게요. 내 윗옷을 잡히죠. 오늘 밤에는 식사하러 오시는 거죠? 그리고 계산 말끔히 끝내주시죠?

폴스타프 하고말고. (바돌프에게) 저 여자와 함께 가거라, 돈 받을 때까지 떨어지지 말고 꼭 붙어 다녀!

퀴클리 식사 때 돌 티어시트를 불러도 될까요?

폴스타프 좋고말고, 더 말할 필요 없지. (퀴클리, 바돌프, 관리들, 시동 퇴장)

법원장 아주 좋은 소식을 접했다.

폴스타프 각하, 무슨 소식입니까?

법원장 폐하께서는 간밤에 어디서 주무셨는가?

가 워 각하, 베이싱스토크입니다.

폴스타프 만사 무사하길 빕니다. 어떤 소식입니까, 각하?

법원장 폐하가 인솔한 군대는 전원 귀환하셨다는 소식이다.

가 워 아닙니다. 보병 천오백과 기병 오백은 랭카스터 공의 군대와 합류해서 노섬벌랜드 백작과 대주교 양군 토벌 작전에 참전할 예정입니다.

폴스타프 폐하는 웨일스로부터 귀환하셨습니까, 각하?

법원장 곧 답장을 보낼 터이니 가워, 이리 좀 와주게.

폴스타프 각하!

법원장 무슨 일인가?

폴스타프 가워, 함께 식사를 합시다.

가 워 고마우신 말씀입니다만 저는 법원장 각하의 심부름을 해야 합니다.

법원장 존 경, 언제까지 여기서 우물쭈물할 작정인가? 자네는 가는 도중 각 주에서 군인들을 징집해야 하는 임무가 있다.

폴스타프 가워, 함께 식사를 합시다.

법원장 존 경, 그런 무례한 태도는 누구한테서 배운 것인가?

폴스타프 가워, 이런 태도가 나에게 어울리지 않는다면, 이걸 내게 가르쳐준 분이야말로 바보올시다. 각하, 이것이 검술의 묘수랍니다. 반 반씩 치고 헤어지는 겁니다.

법원장 지지리도 못난 놈, 자네는 바보천치야. (모두 퇴장)

제2장 런던, 왕자의 거실

왕자 헨리와 포인즈 등장.

왕 자 아, 정말이지, 형편없이 지쳤다.

포인즈 그렇습니까? 왕자처럼 고귀한 신분의 사람은 지칠 줄 모르는 것으로 알고 있었습니다.

왕 자 있고말고. 그걸 시인하는 것은 신분상 염치없는 일이지만. 맥주 한 잔 들이켜고 싶다고 말하면 천해 보일까?

포인즈 글쎄요, 왕자의 신분으로서 그렇게 허술하게 살면 안 되죠. 그런 천박한 음료수를 기억하면 되겠습니까?

왕　자 내 목은 왕자에 알맞게 만들어지지 못한 모양이다. 그 천박한 술, 맥주 생각을 지울 수 없으니 말이다. 사실상 이런 형편없는 일만 기억하고 있으니, 내 자신도 고귀한 신분에 염증이 날 지경이다. 너 같은 놈의 이름을 기억하고, 아침이 되면 다시 너의 얼굴을 기억하다니 참으로 정떨어지는 일이다! 네놈이 신고 있는 명주 양말이 몇 켤렌데, 지금 신고 있는 것과, 자네가 신고 있었던 복숭아빛 양말이 지금 퇴색해버렸다는 것도 기억한다니! 네놈이 입고 있는 내복 여분이 한 벌 있다는 것도 내 머리를 떠나지 않고 있으니 말이다! 그 일에 관해서는 나보다는 테니스 코트의 관리인이 더 잘 알고 있을 것이다. 왜냐하면 자네는 새 내복이 없으면 테니스 코트에 나타나지 않거든. 너 요즘에는 그곳에서 라켓을 쥐어보지 못했지. 창녀 집에 돈 다 털어 먹었기 때문이야. 그런데 그 누더기에 싸여서 옹아옹아 우는 아기들이 자라서 신의 왕국을 계승할는지도 모를 일이다. 산파들 말은 아이들에게는 죄가 없다는 거야. 덕택으로 낳고 기르자 해서 이 땅에는 사람들이 넘쳐 일가친척이 떼를 지어 다니게 되었다.

포인즈 참으로 어울리지 않네. 전쟁터에서 그토록 용맹을 떨친 분이 이런 실없는 소리를 지껄이다니! 부왕께서 병환으로 누워 계시는데 저런 허접쓰레기 같은 소리를 늘어놓는 왕자가 이 세상에 또 어디 있어요?

왕　자 여보게, 포인즈, 내 말 들어보게나.

포인즈 하십시오. 재미있는 얘기라야 합니다.

왕　자 너 정도의 천한 놈한테는 어울리는 얘기다.

포인즈 하세요. 무슨 말이라도 받아줄게요.

왕 자 내 아버지가 와병 중이라고 내가 슬픈 척하는 것은 어울리지 않는다. 달리 친구도 없으니깐 너를 친구라고 불러주지만, 이 일이 여간 슬픈 일이 아니다. 정말 슬프다.

포인즈 그렇게 보이지는 않는데요?

왕 자 그런가? 너는 나를 폴스타프나 너처럼 후회할 줄 모르는 순악당이라고 생각하느냐? 앞으로 두고 봐라. 인간의 진가는 죽을 때 정해진다. 분명히 말해두지만, 부왕의 중태를 생각하면 피눈물이 난다. 너 같은 악당을 친구로 사귀고 있기 때문에 슬픔을 밖으로 표현하지 못하고 있을 뿐이다.

포인즈 그렇다면?

왕 자 가령 내가 눈물을 보이면, 너는 나를 어떻게 생각하겠는가?

포인즈 정말이지 왕자 같은 위선자라고 생각하겠죠.

왕 자 누구나 그렇게 생각할 것이다. 누구나 생각하는 것을 네놈이 생각하다니 너는 행운아이다. 그렇게 생각해보니, 너만큼 상식적인 인간은 없는 듯하다. 확실히 누구나 나를 위선자라고 생각하겠지. 그런데 너는 어떤 이유로 그런 훌륭한 생각을 하게 되었는가?

포인즈 누구나 왕자님의 행실을 보면 그런 생각을 하게 되지요. 품행 불량인 데다가, 폴스타프와는 단짝이라······.

왕 자 너와도 단짝인데······.

포인즈 아니올시다. 저는 세상 평판이 좋은 편이죠. 제 귀에 들립니다. 제 귀에 들리는 거슬리는 소리는 기껏해야 차남이기 때문에 유산 상속을 할 수 없다는 것이고, 여차하면 쓸모 있는 사람이라는 정도입니다. 이 두 가지 일은 저로서도 어쩔 수 없는 일입니다. 아니, 그런데 저기서 오는 것이 바돌프가 아닙니까?

　바돌프와 시동 등장.

왕　자　그런데, 내가 폴스타프에게 주었던 시동도 함께 오고 있네. 갈 때는 멀쩡한 사람이었는데, 지금 보니 그 뚱보 녀석 저 애를 원숭이 새끼로 바꿔놨네.

바돌프　전하, 안녕하십니까!

왕　자　바돌프 님도 별고 없으시지요!

포인즈　(바돌프에게) 이 바보야, 부끄러움을 알아, 그렇게 얼굴을 붉힐 필요가 있느냐? 얼굴 붉히는 이유를 알아보자. 너는 계집애 같은 군인이 돼버렸구나! 대폿잔 한 잔 깨는 일이 그렇게 부끄러우냐?

시　동　왕자님, 이 사람이 방금 술집 붉은 창살 너머로 저를 불렀는데요, 저는 어느 것이 창이고, 어느 것이 얼굴인지 알 수 없었습니다. 그러자 저는 간신히 이 사람의 눈을 발견했는데, 그 순간 저는 이 사람이 술집 마나님의 빨간 속치마에 구멍을 두 개 뚫고, 그 구멍으로 밖을 내다보고 있는 것이 아닌가 생각했습니다.

왕　자　이놈이 폴스타프와 함께 지나더니 말솜씨가 늘었구나.

바돌프　야, 뒷발로 서는 더러운 토끼야, 꺼져라!

시　동　꺼져라, 악독한 알타이아의 꿈이여, 꺼져라!

왕　자　여봐, 시동아, 꿈이라니, 들어보자. 말하라.

시 동 옛날에 그리스에 알타이아라는 여자가 있었는데, 불붙은 나무 토막을 낳는 꿈을 꾸었다는 것입니다(칼리돈의 왕비 알타이아가 아들 멜라아그로스를 낳을 때 운명의 여신들이 나타나 불붙은 장작을 보여주며 그 불이 꺼지면 아들이 죽을 것이라고 예언했음—역자 주). 그래서 저는 그를 알타이아의 꿈이라고 부릅니다.

왕 자 멋진 해석이다. 일 크라운의 가치가 있다! 이 금화를 받아라, 시동아.

포인즈 아, 꽃이라면 꽃봉오리를 벌레가 파먹지 않도록 빌겠다! 나도 육 펜스 주겠다. 이 동전이 너를 구하도록!

바돌프 너희들 셋 가운데서 이 시동을 목매달지 않으면, 교수대는 제 구실 못 한다.

왕 자 바돌프, 네 주인은 어떻게 지내고 있나?

바돌프 잘 지내고 있습니다. 전하가 이 고장에 오신다는 소식 듣고 이 편지를 당부하셨습니다.

포인즈 더럽게 예절 바르게 행동하네. 네 주인 노익장(老益壯)한 어른은 어떠신가?

바돌프 몸은 건강하십니다.

포인즈 정신 문제는 의사가 필요하다는 말인가. 당사자는 필요없다는 얘기지. 영혼은 아무리 병들어도 영원히 죽는 일은 없으니깐.

왕 자 (왕자는 편지를 읽는다) 이 흑뿌리 같은 사람을 내가 집 강아지처럼 따뜻하게 대했더니 기고만장해서 이렇게 편지까지 보냈으니, 어디 보자. (그는 편지를 포인즈에게 준다)

포인즈 (포인즈 읽는다) "기사 존 폴스타프는……." 그놈은 제 이름을 쓸

때마다 누구에게나 자신이 훈작사(勳爵士)인 것을 알리려고 한단 말이야. 마치 왕의 친척이나 되는 것처럼 행세하거든. 손가락이 찔려도 "큰일 났네, 왕이 피를 흘렸어"라고 말하곤 해. 모른 척 하면서 "무슨 일이죠?"라고 물으면, 기다렸다는 듯이 돈 빌리는 사람이 재빠르게 탈모(脫帽) 하듯이 "나는 왕가의 피를 나누고 있습니다"라고 말하죠.

왕 자 맞았어, 그런 놈은 어떻게든 왕가의 친척이 되고 싶어 하지. 여차하면 노아의 아들 야벳까지 소급해서 혈연관계를 주장할 것이다. 하지만 우선 편지를 보자.

포인즈 (읽는다) "훈작사 존 폴스타프로부터 국왕 폐하의 아들이며 장남인 태자 해리 전하에게 문안 인사를 드립니다." 아니 이건 신분 증명서 아닌가!

왕 자 괜찮으니 계속 읽어보게!

포인즈 (읽는다) "명예를 존중하는 로마인을 본떠서 간결하게 말하고자 합니다." 몸이 그래서 숨이 찰 테니, 간단히 말하지 않으면 안 되겠지. "소생은 귀하에게 경의를 표하며, 존경의 뜻을 품고, 고별사를 전달합니다. 포인즈와는 가깝게 지내지 않는 것이 좋습니다. 그는 귀하의 호의를 남용해서 귀하가 그의 여동생 넬과 결혼한다는 소문을 퍼뜨리고 있습니다. 틈이 나면 회개하기를 빌 따름입니다. 그럼 이만 작별을 고합니다. 귀하의 승낙 여부에 따라, 즉 귀하의 대우 여하에 따라 결정되는 것이지만, 일가족 전체와 함께, 형제자매와 함께, 전 유럽과 더불어 함께 살고 있는 귀하의 친구인 존 폴스타프 경으로부터." 전하, 이런 편지는 포도주에 적셔 그놈한테 먹이는 것이 좋겠습니다.

왕 자 놈에게 글을 먹이면, 녀석이 문자 그대로 식언(食言)한 셈이 되네. 그건 그렇고, 네드, 자네 진심인가? 내가 자네 여동생과 결혼한다는 사연 말이다.

포인즈 그렇게 되면 여동생이 얼마나 행운이겠습니까! 하지만 그런 말한 적 없습니다.

왕 자 그래, 우리가 세상에서 이런 어리석은 장난을 하고 있는 것을 현명한 천사들이 구름 위에서 내려다보면서 우리를 비웃고 있을 것이다. 자네 주인은 런던에 있는가?

바돌프 네.

왕 자 그 늙은 돼지는 어디서 식사를 하나? 돼지우린가?

바돌프 이스트치프에 있는 단골집이죠.

왕 자 일행이 있는가?

시 동 늘 어울리는 주정뱅이 친구들이죠.

왕 자 여자도 함께 있는가?

시 동 여자들은 주모 퀴클리와 돌 티어시트입니다.

왕 자 어느 집 창녀냐?

시 동 점잖은 부인이죠. 주인 폴스타프 친척이라고 합니다.

왕 자 그렇군. 공동소유의 암소가 마을 전체의 황소와 친척이 되는 격이지. 어떤가 네드, 오늘 밤 식사 도중에 연놈들을 기습하자.

포인즈 저는 전하의 그림자입니다. 따라나서겠습니다.

왕 자 여봐, 너와 바돌프는 내가 런던에 와 있는 것을 주인에게 말하지 말라. 자, 입막이 돈이다. (돈을 준다)

바돌프 입 다물겠습니다.

시 동 저도 다물겠습니다.

왕 자 작별이다. 가거라. (바돌프와 시동 퇴장) 돌 티어시트라는 계집은 누구나 통행이 자유로운 고속도로 같은 여자가 아닌가.

포인즈 틀림없습니다. 세인트올반스와 런던을 이어주는 국도처럼 사람 출입이 심한 여자죠.

왕 자 오늘 밤은 남몰래 폴스타프 본성이 드러나는 현장에 들이닥칠 수 있을까?

포인즈 저는 가죽옷에 앞치마 두르고, 급사가 되어 그놈의 테이블에 술을 나르겠습니다.

왕 자 엄청난 타락이다! 주피터는 신으로부터 황소로 변신되었다. 나는 왕자에서 급사로 추락했는가! 지독한 타락이다. 하지만 할 수 없다. 제만사는 목적이 중요하다. 목적을 위해서는 바보짓도 할 수 있다. 네드, 따라오너라. (두 사람 퇴장)

제3장 워크워스, 노섬벌랜드 백작의 성

노섬벌랜드 백작, 백작부인, 퍼시 부인 등장.

노섬벌랜드 사랑하는 아내여, 정숙한 며느리여, 이 험한 일은 내가 하고 싶은 대로 내버려둬라. 오늘의 험한 사태처럼 찌푸린 표정을 하고 더욱더 이 노섬벌랜드를 괴롭히지 말아다오.

백작부인　저는 단념했습니다. 더 이상 아무 말도 하지 않겠습니다. 마음
　　　　내키는 대로, 현명한 판단에 따라 행동하십시오.

노섬벌랜드　아, 사랑하는 아내여, 지금 나의 명예는 적에게 맡겨둔 상태
　　　　이다. 출전하지 않고서는 그 명예를 돌려받을 수 없다.

퍼시 부인　그렇더라도 이번만은 출전하지 마십시오! 아버님, 아버님은
　　　　약속이라고 하시지만, 지금보다도 더 중요할 때도 약속을 깨뜨
　　　　리신 적이 있습니다. 당신의 아들인 퍼시, 저의 남편 해리가 아
　　　　버님의 원군을 고대하며 몇 번이고 몇 번이고 북쪽 하늘을 바라
　　　　보고 있었지만, 오신다는 약속을 지키지 않으셨습니다. 그때는
　　　　누가 출진을 만류하였습니까? 덕분에 두 가지 명예를 잃었습니
　　　　다. 아버님과 아드님의 명예 말입니다. 두 분의 명예가 다시 빛
　　　　을 발산할 날이 올 것을 기원합니다! 아드님의 명예는 하늘을 눈
　　　　부시게 비치는 태양처럼 그이에게 빛을 안겨주었습니다. 그리
　　　　하여 그 빛 때문에 영국의 용사들은 궐기해서, 모두가 거룩한 싸
　　　　움에 몸을 바쳤습니다. 말하자면 해리는 젊은 용사들이 자신의
　　　　모습을 비추는 거울이었습니다. 그이의 걸음걸이를 모방하지
　　　　않는 젊은이는 없습니다. 그이의 똑똑하지 못한 발음은 타고난
　　　　습성인데, 용사들의 독특한 언변처럼 유행하게 되었고, 천천히
　　　　말을 하는 사람들까지도, 그들의 장점을 버리고 그이의 언동을
　　　　흉내 내고 있습니다. 이토록 걸음걸이와 말하는 태도만이 아니
　　　　고, 음식, 오락, 용사의 예법, 젊은이의 기분에 이르기까지, 해리
　　　　는 세상 사람들이 우러러보는 거울이며 모범이며 교과서입니
　　　　다. 그 해리를, 이 세상에 흔치 않는 인간의 기적인 그 해리를 아

버님은 도와주지 않으시고 방치했습니다. 패배를 모르는 그이를, 고군분투하도록 내버려두어 불리한 상황에서 무서운 군신을 만나게 했습니다. 홋스퍼라는 별명 이외에는 아무런 방패도 없는 전쟁터에서 싸움을 계속하도록 아버님은 그이를 내버려두었습니다. 그이에게는 지키지 않았던 약속을 타인을 위해서는 지키시고 명예를 지키려고 하는 것은, 지금은 가고 없는 그이의 영혼에 채찍질하는 일이니, 그런 일은 절대로, 절대로 용납될 수 없습니다! 그 사람들에게는 가지 마십시오. 모브레이 경과 대주교의 군사는 강력합니다. 그때 우리 남편 해리에게 그 병력의 반만 있었더라도, 지금쯤 저는 홋스퍼의 목에 매달리면서 왕자 해리의 무덤 이야기나 하고 있을 겁니다.

노섬벌랜드　골치 아픈 아이로구나. 무슨 소리냐, 지나간 과오를 새삼스럽게 끄집어내어 한탄하고 있으니, 내 용기가 좌절된다. 하지만 나는 어떤 일이 있어도 지금 전쟁터로 가서 위기에 직면해야 한다. 그렇게 하지 않으면, 위기는 내가 대비하고 있지 않을 때, 다시 나를 기습할 것이다.

백작부인　우선 스코틀랜드로 피신하세요. 다른 귀족과 민병들이 힘을 시험하며 싸우는 것을 관망합시다.

퍼시 부인　그 사람들이 왕보다 더 유리한 입장을 회복하게 되면, 힘을 더 강화하는 강철의 늑골이 되어서, 그때 그들과 합류하세요. 지금 당장은 저들이 싸우도록 내버려두세요. 아드님이 그랬습니다. 그이만 전투를 하고, 저는 과부가 되었습니다. 제가 살아 있는 동안 이 눈에서는 눈물의 비가 내려, 남편을 기념해서 추억의

풀잎에 비를 뿌린 후, 그것이 싹을 피워 하늘까지 자라도록 하고 싶습니다. 하지만 그때까지 오래 살는지 알 수 없지요.

노섬벌랜드　자, 자, 함께 안으로 들어가자. 내 마음은 가득 찬 밀물과도 같다. 현재는 정지 상태로, 빠지지도 차지도 않는다. 할 수 있으면 대주교를 만나러 가고 싶은데, 여러 가지 사정 때문에 그렇게 할 수도 없구나. 하여튼 스코틀랜드로 가기로 하자. 그곳에서 나의 출진이 필요한 기회를 기다리기로 하자. (일동 퇴장)

제4장 런던, 이스트치프의 선술집 보어스헤드의 내실

두 급사 등장(프랜시스와 또 한 사람)

프랜시스　너, 무엇을 들고 왔느냐? 주름투성이 사과 애플 존 아닌가? 존경이 애플 존을 싫어하는 거 너 모르냐?

급사 2　그렇구나. 언젠가 왕자께서 애플 존 한 접시를 폴스타프 앞에 놓고, 존 경이 다섯 사람 더 있네라고 말한 다음, 경멸조로 모자를 벗고 "여기 여섯 번째로 말라빠지고 둥글게 시든 노훈작사에게 작별을 고하고 싶다"고 말 했더니 그 아저씨 벌겋게 화가 났었는데 지금은 잊어버렸겠지.

프랜시스　그러니 식탁보 덮은 채로 그냥둬라. 스니크 악단이 도착했는지 알아봐. 미스 티어시트는 음악을 좋아해.

급사 3 등장

급사 3   서두르자! 식사 방이 너무 덥다. 손님들이 금세 온다네.

프랜시스   그건 그렇고. 왕자와 포인즈가 온다는 거야. 두 사람 모두 가 죽옷에 앞치마 차림이라네. 존 경은 모르고 있다네. 아까 바돌프 가 그렇게 말했어.

급사 3   얼씨구. 신바람나는 일이 벌어지겠다. 멋진 속임수로다.

급사 2   나는 스니크를 찾아볼게. (퇴장)

주모와 돌 티어시트 등장.

퀴클리   정말이지, 아가씨는 기분이 좋은 모양이네요. 맥박은 엄청나게 잘 뛰고 있군요. 혈색도 봐요, 장미꽃처럼 빨갛네. 아가씨는 카 나리 술을 과음한 것 같아! 그 술은 화끈하게 전신에 퍼져요. "이 거 왜 이래"라고 말하기도 전에 온몸의 피를 끓게 만들죠. 그래, 기분은 어때요?

돌   훨씬 나아졌어요, 에헴!

퀴클리   그래요, 그건 잘 됐군요. 건전한 육체는 황금이죠. 아, 여기 존 경이 오시네.

폴스타프 노래하며 등장.

폴스타프   (노래하며) "아서 왕이 왕위에 오르고……" 여보게, 요강을 비워 라. (프랜시스 퇴장) "명군으로 추앙받아……" 아니 돌 양, 왜 그 래?

퀴클리   술병 나서 구역질 나요.

폴스타프　그런 여자에게는 흔한 일이지. 남자 안 만나고 있으면 병난다.

돌　이 추잡한 뚱보 놈아! 위로의 말이 그것뿐이냐?

폴스타프　우리들이 뚱보가 되는 것은 네 탓이다, 돌 아가씨.

돌　나 때문이야? 어림도 없다. 쳐 먹고 병들면 그렇게 된다. 내가 만든 것이 아니야.

폴스타프　요리사는 나를 뚱보로 만들었지만, 너는 나를 병들게 했어. 돌, 우리들은 모두 너로부터 나쁜 병을 얻는다. 돌, 너 때문이야. 인정해라. 정숙한 아가씨, 인정해.

돌　그렇고말고. 우리한테 준 목걸이 금줄과 보석을 너희는 도로 강탈해간다.

폴스타프　(노래한다) "너의 진주와 반지. 그리고 브로치로구나⋯⋯." 확실히 너를 상대해서 한탕 뛰면, 절뚝거리며 물러서는 것이 우리들이다. 창끝 세우고 성벽 향해 돌진하지만, 축 늘어져서 성벽 구멍으로부터 돌아와 의사의 치료를 받는 우리들이다. 그런 다음 우리들은 포탄을 잰 대포를 향하여 다시 돌진한다.

돌　목매 죽어라, 이 더러운 붕장어야, 뒈져라!

퀴클리　참말이지, 또 시작했네. 둘이 만나기만 하면 싸움이야. 두 사람은 닿으면 불꽃 튀는 부싯돌이네. 서로의 결점을 참아주지도 못하는가. 어떻게 돼먹은 것들이냐! 한쪽이 참아야지. (돌에게) 네가 참아야 해. 여자의 몸은 약한 배라 하지 않는가. 속이 빈 강정이지.

돌　약하고 속 빈 강정 같은 내가 꽉 찬 술통 같은 거대한 남자를 배위에 놓고 견딜 수 있나요? 이 사람은 상선 한 척 분의 보르도산

포도주가 꽉 차 있어요. 나는 이토록 가득 찬 화물선을 본 적이 없어요. 잭, 하지만 화해합시다. 당신은 전쟁터에 나가는 몸, 두 번 다시 당신을 만날 수 있을지 없을지는 아무도 상관하지 않는 일일 테니 말이죠.

　　　급사 1 등장.

급사 1　실례합니다. 기수 피스톨이 밑에 와서 여쭐 말씀이 있답니다.

돌　안 돼. 그런 허풍선이 악당 놈은 들여보내지 마라. 아가리 더럽기는 영국 최고다.

퀴클리　허풍쟁이라면 들여놓지 말라. 절대로 안 돼! 이웃사람들의 귀도 있어. 허풍쟁이는 넌덜머리난다. 나는 명사들 사이에서 평판이 좋은 사람이야. 문 잠가라. 허풍쟁이는 들어올 수 없어. 허풍쟁이 끌어들이려고 내가 지금까지 살아왔나. 맙소사, 문 닫아라.

폴스타프　이것 봐요, 안주인!

퀴클리　존 경, 진정하세요. 허풍쟁이는 절대로 들어올 수 없어요.

폴스타프　이것 봐요, 그 사람은 내 기수야.

퀴클리　쯧쯧! 존 경, 말도 말아요, 당신의 기수고 뭐고, 허풍쟁이는 우리 집에 못 들어와요. 지난번에 나는 재판소의 대리관인 티시크 나리에게 불려갔는데, 그분은 바로 전주 수요일에 일어난 일인데라고 말씀하면서 "실은 퀴클리"라고 시작하셨는데, 그때 옆에 덤 목사님도 계셨어요. "술집 손님은 품행 방정한 신사들만 받아라"면서 "너에 관해서는 좋지 못한 소문이 나돌고 있어"라고 말씀하셨어요. 그렇게 된 까닭을 나는 알고 있죠, 그분 말씀은

"실은 너는 정직한 여자로서 세상 평판도 좋으나, 손님에 대해서는 단단히 조심하도록 명심하라"는 말씀이셨어요. "절대로 허풍쟁이는 받지 말라"는 엄명이셨습니다. 그러니 단 한 사람도 들여놓을 수 없어요. 당신도 그분의 말씀을 들었으면 좋았을 거예요. 안 돼요. 허풍쟁이는, 절대로.

폴스타프 주모, 그 사람은 허풍쟁이가 아니야. 얌전한 사기 도박사일 뿐이다. 그놈은 얻어맞아도 강아지처럼 온순한 놈이야. 바아바리 산 암탉이 깃털을 세우고 덤벼들어도 도망칠 정도의 약질(弱質)이야. 불러 올려.

급사 1 퇴장.

퀴클리 사기 도박꾼이라고 말했죠? 나는 정직한 사람, 사기 도박꾼은 참을 수 있어요. 그러나 허풍쟁이 깡패는 견딜 수 없어. 정말이지, 허풍쟁이 말만 들어도 구역질이 나. 만져봐요, 나 떨고 있죠? 정말이에요.

돌 정말이네, 퀴클리.

퀴클리 그렇지! 정말 떨고 있어. 포플라 나무 잎처럼 떨고 있어. 허풍쟁이 깡패는 절대 참을 수 없어.

피스톨, 바돌프, 시동 등장.

피스톨 안녕하슈, 존 경!

폴스타프 잘 왔다, 피스톨! 자, 이 잔을 받아라. 그 술잔의 다음 목표는 이 집 주모다.

피스톨   주모 공격이라면 탄환 두 알로 하고 싶네요.

폴스타프   그 여자는 탄환 두 알로는 꼼짝 않는다. 저항력이 강해.

퀴클리   나는 그런 저항력이나 탄환을 마시지 않겠어요. 누가 뭐라 해도 약이 되든 독이 되든 그런 것은 마시지 않겠어요.

피스톨   그렇다면 도로시 양! 당신을 공격하겠다.

돌   나를 공격해? 너 같은 사람은 싫다. 이 천박한 놈아. 뭣이 어째! 이 개딱지 같은 너절하고, 악독한 야바위꾼아. 이놈 내복도 안 입은 자식! 썩 꺼져라, 썩은 몸뚱어리, 꺼져라! 나는 네 주인장이 드시는 맛있는 음식이다.

피스톨   도로시 양, 나는 당신을 알아요.

돌   꺼져라, 이놈의 소매치기 악당아, 더러운 좀도둑 꺼져라! 엉뚱하게도 내 물건을 훔치면 이 술에 걸고 네놈의 썩은 턱주가리를 이 칼로 도려내겠다. 가거라, 이놈 김빠진 맥주 같은 놈아! 한물 간 요술쟁이! 언제부터 그런 군복을 걸치고 있는가? 어깨에 별을 두 개씩이나 달고 있네. 정말 믿을 수 없어!

피스톨   잘도 지껄이네, 맹세코 너의 옷깃 장식을 찢어발기겠다.

폴스타프   그만해둬, 피스톨! 여기서 다 발산하면 어떻게 하나. 우선 피스톨 거둬들이고 물러가라.

퀴클리   그래요, 대장 나으리, 여기서는 안 되죠, 멋진 대장님.

돌   대장이라고! 이 천벌 받을 사기꾼아, 대장이라고 불리는 것이 부끄럽지 않나? 내 마음 같으면, 네놈이 아무 공로 없이 주제넘게 대장 이름을 함부로 쓰는 죄로, 대장들이 네놈을 지휘봉으로 두들겨 내쫓고 싶을 것이다. 네놈이 대장이야? 이 노예 같은 놈! 무슨 공로로? 매춘굴에서 매춘부의 옷깃 장식을 찢은 공로로 말인 가? 이따위가 대장이야? 뒈져라, 이 사기꾼. 이놈은 곰팡이 핀 찐 자두와 말라버린 과자만 얻어먹는 놈이야. 이게 대장이야! 이 런 악당들 때문에 "대장" 이라는 말이 "차지한다" 라는 음탕한 말 이 됐지. 그 말도 나쁜 의미로 쓰기 전에는 아주 좋은 말이었어. 그러니깐 대장들은 조심해야 해요.

바돌프 여봐, 기수, 아래로 빠져.

폴스타프 돌 아가씨, 이리로 온.

피스톨 나는 싫어! 알겠어요, 바돌프 상사님, 나는 이년을 찢어놔야 직 성이 풀리겠어요.

시 동 제발, 내려가세요.

피스톨 저년이 먼저 거꾸러지는 것을 봐야겠다! 이 손으로 저년을 지옥 의 불꽃 연못과 암흑지옥의 구렁텅이에 거꾸로 처넣어서 고통 을 받도록 하겠다. 만사형통이다! 개 같은 것들, 뒈져라! 악당들 아, 꺼져라! 여기 칼이 있다. (그는 칼을 뽑는다)

퀴클리 대장님, 진정하세요. 밤이 깊었어요. 노여움을 거두세요.

피스톨 옳다, 이건 재미있다! 뭔가 잘못됐다. 시저와 칸니발(피스톨은 한 니발을 잘못 말하고 있다—역자 주), 그리고 트로이의 영웅들을 실컷 먹고 하루에 삼십 마일밖에 못 가는 아시아 둔마(鈍馬)와 비교하 느냐? 그런 놈들은 지옥의 파수견(把守犬)에게 던져버리고 청천 벽력을 내리게 하라. 보잘것없는 일로 싸울 테냐?

퀴클리 대장님, 너무 심한 말씀이십니다.

바돌프 피스톨, 가거라. 이러다간 싸움판이 벌어지겠다.

피스톨 인간들 모두 개처럼 뒈져라! 왕관은 헌 바늘처럼 버려라! 여기에
　　　는 헤렌(창녀-역자 주)이 없는가?

퀴클리 어머나, 대장님, 여긴 그런 여자 없어요. 야단났네. 여자를 감추
　　　고 있는 줄 아시나 봐? 제발 진정하세요.

피스톨 나의 사랑하는 칼리폴리스, 실컷 먹고 살이나 쪄라! 자, 술이다.
　　　"내 몸은 불운해서 고통을 받더라도, 희망에 부푸는 내 마음이
　　　여," 어떤가. 수많은 적도 두려워하는 내가 아니다. 아니다, 불
　　　을 뿜는 총도 무섭지 않다! 술을 다오. 연인이여, 거기 눕거라.
　　　(칼을 테이블 위에 놓는다) 이것으로 모든 일이 끝나는가? 뒷풀이 즐
　　　거움은 없는가?

폴스타프 피스톨, 가거라, 나는 조용히 지내고 싶다.

피스톨 내 사랑하는 훈작사여, 그대의 주먹에 키스를 합니다. 우리들은
　　　함께 밤하늘의 일곱 별을 보며 지낸 사이죠.

돌 제발, 그놈을 아래층으로 떨어뜨려버려요. 나는 저런 허풍쟁이
　　　놈을 견딜 수 없어!

피스톨 계단에서 밀어내라고? 암말 같은 매춘부가 뭘 해?

폴스타프 그놈을 밑으로 굴려라. 바돌프. 동전 치기하듯 말이다. 쓸데없
　　　는 소리 하는 놈은 밀어내야 돼.

바돌프 자, 밑으로 내려가자.

피스톨 칼싸움을 원하는가? 피를 봐야 알겠는가? (칼을 집어 든다) 그렇다
　　　면 죽음이여, 내 가슴에 와서 깃들라. 이 슬픈 인생을 끝내다오!
　　　잔혹하고 처참한 상처의 입으로 운명의 세 자매(클로토는 실을 들
　　　고, 라케시스는 실을 짜고, 아트로포스는 실을 끊었다 — 역자 주)가 짠 생

명의 실을 절단하라! 자, 운명의 신 아트로포스여, 일을 시작하라!

퀴클리   아, 큰일이 벌어지겠네!

폴스타프   애야, 내 칼을 다오.

돌   부탁이야, 잭, 제발 칼을 뽑지 말아요.

폴스타프   (칼을 뽑으면서) 이놈, 내려가!

퀴클리   큰 소동이 벌어졌네! 이런 무서운 일이 벌어지면 이 장사 못 해 먹어! (폴스타프는 피스톨을 칼로 밀어붙인다) 이러다간 살인 나겠다! 아이구, 아이구, 제발 칼을 집어넣어요. (바돌프는 피스톨을 밖으로 밀어낸다)

돌   잭, 부탁이에요, 진정하세요, 그놈은 갔어요. 아, 당신은 정말 용감하고 귀여운 악당이네요!

퀴클리   상처를 입지 않았어요? 사타구니 말이에요. 당신 배에 칼이 찔리는 듯했죠.

바돌프 다시 등장.

폴스타프   그놈 내쫓았는가?

바돌프   네, 그놈은 흠뻑 취했습니다. 어깨를 약간 찔렸더군요.

폴스타프   그 녀석 감히 나한테 덤비다니!

돌   아, 사랑스러운 나의 악한이여! 당신은 불쌍한 원숭이, 이토록 땀을 흘리고 있다니! 제가 당신의 얼굴을 닦아드릴게요. 이런, 밉살스럽기는, 이 뺨의 살점을 봐! 나, 당신을 좋아해요. 당신은 정말 강하죠. 트로이의 헥토르만큼 용감해요. 아가멤논이 다섯

명 달려들어도 끄떡없고, 아홉 용사들(헥토르·알렉산더·줄리어스 시저 등 세 명의 이방인, 여호수아·다윗·유다스 마카베우스 등 세 명의 유대인, 아서 왕, 샤를마뉴 대제, 고드프리 등 세 명의 기독교인-역자 주)이 다 발로 덤벼도 열 배나 더 강하죠. 아, 나의 소중한 악당이여!

폴스타프 못된 자식! 담요에 싸서 내던지겠다.

돌 그렇게 하세요. 그러면 나는 당신을 이불에 싸서 눌러드릴게요.

　　　　악사들 등장.

시 동 악사들이 왔습니다.

폴스타프 음악이다. 연주하라! (음악) 돌, 내 무릎 위에 앉아라. 주둥이가 성가신 놈! 눈 깜짝할 사이에 줄행랑쳤구나.

돌 정말 그랬어요. 당신은 대성당이 움직이듯 일어나서 그놈을 쫓았죠. 나의 귀여운 바솔로뮤(성 바솔로뮤 축일은 새끼돼지 요리해서 먹는 날-역자 주)의 새끼돼지여. 당신 언제쯤 되면 낮에는 남자 상대로 칼 휘두르고, 밤에는 여자 상대로 창 흔드는 습관을 끝낼 수 있죠? 늙은 누더기 몸 꿰매고 천당 갈 준비는 언제 하죠?

　　　　왕자 헨리와 포인즈가 급사로 변장해서 살짝 등 뒤로 등장.

폴스타프 집어치워, 돌! 해골바가지 같은 소리 작작 해라. 내 죽음을 연상시키지 말라.

돌 그건 그렇고, 왕자님은 어떤 사람이죠?

폴스타프 천박한 철부지야. 아마도 요리사 견습생 정도 되겠나. 빵 귀퉁이를 썰어내는 것쯤은 할 수 있겠지.

돌　　포인즈는 머리가 좋다면서요?

폴스타프　그놈 머리가? 지지리도 못난 명청이야! 그 녀석 재치라고는 튜
　　　　크스베리 겨자처럼 둔탁해. 그놈의 대가리에서 재치를 찾는 일
　　　　은 나무 망치에서 재치를 찾는 것과 같아.

돌　　그런데 왕자님은 왜 그 사람을 좋아하지?

폴스타프　왜냐하면 두 사람의 다리 길이가 같기 때문이야. 그리고 철환(鐵
　　　　丸) 던지기 잘하고, 붕장어와 회향풀을 식충이처럼 처먹고, 건포
　　　　도 대신 불붙은 양초 끝을 술에 띄워 마시는 재주도 부릴 줄 알고,
　　　　아이들과 그네도 차고, 의자 뛰어오르는 유희를 하는가 하면, 멋
　　　　지게 맹세도 하고, 구둣방 간판의 그림처럼 맵시 있게 구두를 신
　　　　고, 상대방을 분노케 하는 말을 하지 않기 때문에 싸움판을 벌이
　　　　지도 못하지. 하지만 노는 일에는 능숙해. 말하자면 머리는 둔하
　　　　지만 몸은 튼튼해. 그러기 때문에 왕자는 그놈을 옆에 두고 지나
　　　　고 있어. 왕자 자신도 그런 놈이야. 그 두 놈을 저울에 달아보라.
　　　　머리칼 한 오라기라도 더하면 저울은 한쪽으로 뒤집어지는 거야.

왕　자　(포인즈에게 방백) 이 못된 수레바퀴 통 녀석의 귀를 잘라버릴까?

포인즈　(왕자에게 방백) 저 잡년 앞에서 패줍시다.

왕　자　봐라, 저 시들어버린 늙은 놈, 마치 앵무새 머리 긁듯이, 저 잡년
　　　　이 그놈 대머리를 긁고 있네.

포인즈　이상한 일이에요. 써먹지도 못하면서, 색정만 오래 남는다니 말이
　　　　에요.

폴스타프　키스해줘, 돌.

왕　자　금년은 토성과 금성이 대접근이로군. 역서(曆書)에는 무어라고

씌어 있는가?

포인즈 저것 보세요! 저 부하 놈 바돌프가 주인 마음 적힌 헌 수첩이라 할 수 있는 정부 퀴클리 귀에 속살거리고 있네.

폴스타프 이번 키스는 시늉만 한 거지.

돌 일편단심 마음이었어요.

폴스타프 나 늙었어, 늙었어.

돌 나는 지금까지 반한 어떤 젊은이보다도 당신을 사랑해요.

폴스타프 속치마 사줄게. 어떤 감이 좋을까? 목요일에 돈 들어와. 모자는 내일이라도 사줄 수 있어. 여봐. 즐거운 노래를 불러보게나! 밤도 늦었으니 잠자리에 들자. 내가 전쟁터에 나가면 너는 내 일을 까맣게 잊겠지.

돌 그런 소리 마세요. 눈물이 나요. 당신이 돌아올 때까지 예쁜 옷을 입지 않고 있겠어요. 끝까지 두고 보시면 아시겠죠.

폴스타프 프랜시스, 술이다.

왕자, 포인즈 네, 갑니다. 갑니다. (앞으로 나온다)

폴스타프 와, 누구냐! 국왕 폐하의 자식이로군? 너는 의형제 포인즈로구나?

왕 자 이놈, 칠 대륙의 죄를 한꺼번에 짊어지고 사는 지구(地球) 같은 놈, 이게 얼마나 한심한 인생살이냐?

폴스타프 너보다는 낫다. 나는 신사인데, 너는 급사로구나.

왕 자 맞다. 나는 말이다. 술시중이 아니라, 주먹 따귀 갈기려고 왔다.

퀴클리 왕자님, 안녕하세요! 런던에 돌아오셨으니 반갑습니다! 반가운 얼굴 뵙고 기쁩니다! 정말이지, 웨일스로부터 오신 겁니까?

폴스타프 별 수 없는 미친 왕자 나으리. (돌을 지시하며) 이 들뜬 살점과 썩은 피에 걸고 말한다. 잘 돌아왔다. 환영하네.

돌 뭣이 어째? 이 얼빠진 뚱보야! 쓸개 빠진 놈!

포인즈 왕자님, 급히 서두르지 않으면, 놈은 몽땅 농담으로 돌려대고 보복을 피할 겁니다.

폴스타프 이 변변치 못한 비곗덩어리 놈, 너는 내 앞에서 나의 험담을 늘어놓았다. 이 정숙하고, *깨끗하고*, 예의바른 숙녀들 앞에서 말이다!

퀴클리 너그러우신 전하, 잘 말씀하셨습니다! 정말이지, 말씀 그대로의 귀부인들입니다.

폴스타프 너 듣고 있었는가?

왕 자 당연하지. 너도 내가 있는 것을 알고 있었지. 개즈힐에서 도망칠 때도 나를 알고 있었어. 너는 내가 뒤에 있는 것을 알면서 나의 참을성을 시험하느라 일부러 악담을 늘어놨어.

폴스타프 그런 게 아니고, 자네가 듣고 있는 줄은 전혀 몰랐네.

왕 자 일부러 한 악담은 실토하게 만들겠다. 그런 다음 어떤 일을 당할지는 각오하고 있어라.

폴스타프 악담을 한 게 아니야, 할, 나의 명예를 걸고 말하네. 악담이 아닐세.

왕 자 그럼 무엇인가. 요리사 견습생, 부엌에서 빵 써는 놈이고 어쩌고 해놓고서!

폴스타프 할, 악담이 아니네.

포인즈 악담이 아니라고?

폴스타프　악담이 아니래도, 네드. 절대로 욕을 한 것이 아냐. 내가 이년들 앞에서 일부러 왕자를 비방한 것은 (왕자를 향해) 얘들이 왕자를 좋아하면 큰일이다 싶어서 한 일이지. 말하자면 나는 친구의 욕을 하면서 친구의 신변을 걱정하는 충성스러운 신하가 되고, 부하로서의 임무를 다한 셈이니, 국왕 되시는 자네 부친의 감사를 받아야 마땅하네. 악담이 아니야. 할, 그게 아니야, 네드, 솔직히 말하지만 그건 악담이 아니야.

왕　자　어떤가. 정숙한 부인들을 모욕하면서까지 우리와 화해하려는 것은 순전히 겁에 질린 비겁한 근성 때문이 아닌가. 이 부인들이 못된 것들이라고? 네 주모들이 고약한 년이라고? 너의 시동도 나쁜 놈이라? 그리고 정직한 바돌프, 코끝까지 충성심으로 불타고 있는 성실한 바돌프가 악당 놈인가?

포인즈　대답하라, 이 시들어빠진 느릅나무야. 대답하라.

폴스타프　바돌프는 악마가 일찌감치 지옥에 처넣는 구제불능 악당이라고 점찍어놓은 놈이지. 낯짝을 보면 알지. 마왕 루시퍼(악마)의 가마솥이야. 술벌레를 구워 죽이는 곳이지. 이 시동은 한때 천사가 눈독을 들였는데, 입찰 결과 악마 손으로 넘어갔네.

왕　자　여자들은?

폴스타프　그중 한 명은 이미 지옥 화덕에서 타고 있네. 뿐만 아니라 가련한 남정네들도 타고 있어. 한 여자로부터 나는 돈을 빌렸네. 그 때문에 그 여자가 지옥에 떨어질는지 나도 알 수 없네.

퀴클리　떨어지겠어요?

폴스타프　글쎄, 그럴 리는 없겠지. 그에 대한 속죄는 끝났을 테니깐. 하지만 너에게는 다른 죄가 있어. 육식을 금지하는 사순절이 한창일 때 너는 가게에서 고기를 팔았어. 신의 법을 어긴 그 죄로 너는 지옥에서 울고불고 지나야 돼.

퀴클리 그건 어떤 술집에서도 하고 있는 일이에요. 긴 사순절 기간에 양고기 한두 점 판들 무슨 죄가 되나요?

왕 자 그런데 정숙한 부인이여⋯⋯.

돌 무엇입니까, 전하?

폴스타프 전하가 혀끝으로 정숙한 부인이라고 말할 때, 배꼽 밑에서는 딴 소리 하고 있어. (피토가 문을 두드린다)

퀴클리 누굴까? 문을 두드리고 있네? 프랜시스, 보고 와.

피토 등장.

왕 자 피토가 아닌가! 무슨 일인가?

피 토 국왕 폐하가 웨스터민스터에 왕림하셨는데, 수많은 피곤한 급사들이 북쪽에서 달려왔습니다. 지금 여기 오는 도중에도 수십 명의 대장들을 만났습니다. 모두들 모자도 쓰지 않고 땀을 흘리며 뛰고 있는데, 술집이 있으면 문을 두드리고, 누구한테나 묻는 것이었어요. 존 폴스타프 경은 어디 계십니까.

왕 자 아, 포인즈, 나는 허송세월 보내고 있구나. 먹구름을 품고 불어오는 남풍 같은 소란스러운 폭풍이 우리들 방비 없는 머리 위로 내리덮치려고 하는데, 귀중한 시간을 부질없이 놀이판에서 낭비하고 있구나. 검과 외투를 갖고 오라. 폴스타프, 나는 간다. 잘 자게. (왕자, 포인즈, 피토, 바돌프 퇴장)

폴스타프 자, 오너라, 달콤한 밤의 시간이여, 그런데 그 시간을 즐기지
도 않고 가야 하는가. (노크 소리) 또 문을 두드리네!

바돌프 다시 등장.

어떻게 됐는가?

바돌프 곧 궁정으로 가야 합니다. 문 밖에서 수십 명의 대장들이 당신을
기다리고 있습니다.

폴스타프 (시동에게) 악사들에게 돈을 주게. 잘 있게, 주모여. 잘 있게, 돌.
너희들도 이젠 알겠지. 나 같은 유능한 인사는 찾는 사람이 많
아. 무능한 놈들이 잠들고 있을 때, 활기찬 사람들은 일을 해야
돼. 두 사람 모두 잘 있게. 급히 출전하지 않는다면, 가기 전에
다시 오겠다.

돌 아무 말도 할 수 없어요. 가슴이 터질 것 같아요. 나의 사랑스러
운 잭, 몸조심하세요.

폴스타프 잘 있어, 잘 있어. (폴스타프와 바돌프 퇴장)

퀴클리 잘 가세요. 콩 꼬투리가 익을 무렵이면 나는 당신을 지난 이십구
년 동안 알고 지낸 셈이죠. 그러나 당신만큼 정직하고 진실한 남
자는 없었어요, 잘 가세요.

바돌프 미스 티어시트!

퀴클리 무슨 일이죠?

바돌프 미스 티어시트에게 우리 주인이 찾고 있다고 말해줘.

퀴클리 가라, 돌, 뛰어라, 뛰어라 돌, 급히 뛰어. 울지 말고. (돌에게) 빨리
가 봐라, 돌. (일동 퇴장)

제3막

제1장 웨스터민스터, 궁전

왕이 잠옷을 입고 시동을 거느리며 등장.

왕   서리와 워릭 두 백작을 불러오너라. 두 사람 모두 오기 전에 이
문서를 숙독(熟讀)한 후, 깊이 생각을 해보고 오도록 전하라. 알
겠는가. 그러면 급히 서둘라. (시동 퇴장) 지금은 수천, 수만의 몹
시 가난한 백성들도 잠자리에 들었을 것이다. 아, 잠이여, 편안
한 잠이여, 대자연의 부드러운 유모여, 내가 그대를 위협했기 때
문인가, 내 두 눈꺼풀을 누르지도 않고, 망각 속에 내 오감을 잠
재우지 않네. 잠이여, 너는 연기 자욱한 매운 오두막에서, 잠자
리 불편한 짚이불에서도 팔다리 뻗고, 밤 파리 소리에도 끄떡 않
는데, 고귀한 자의 향불 침실에는 찾아올 생각을 하지 않으니,
호화찬란한 천개(天蓋) 밑에서 감미로운 선율을 듣고도 잠을 이
루지 못한단 말인가? 오, 게으른 잠의 신이여, 어째서 너는 비천
한 자의 더러운 침상에서는 기쁘게 몸을 재우면서, 국왕의 잠자
리는 야경(夜警)의 대기소나 화재의 감시탑처럼 불면의 장소로
만들고 있는가? 너는 저 아찔하게 높은 돛대 위에서 망을 보는
어린 선원의 눈도 감게 했지. 거세게 부는 바람과 휘몰아치는 파

도 속에서도, 무서운 고개를 들고 구름을 삼키며, 죽은 자의 눈을 뜨게 할 정도의 폭음 속에서도, 너는 그 거대한 파도를 요람 삼아 편안하고 기분 좋은 잠으로 선원을 인도했었네. 잠이여, 편파적인 잠이여, 폭풍이 몰아치는 밤에, 뱃사공 소년에게 안면(安眠)을 주었던 네가 어째서 바람 한 점 없는 고요한 이 밤에, 그것도 너를 반기려는 온갖 수단을 강구한 국왕에게는 안면을 거부하는가? 행복한 백성들이여, 잠들고 있어라! 왕관을 쓴 머리에는 편안한 잠이 오지 않는다.

워릭과 서리 등장.

워 릭 밤새 안녕하십니까, 폐하.

왕 벌써 아침 인사 할 시간인가?

워 릭 한 시가 지났습니다.

왕 그렇다면 두 백작들이여, 밤새 잘 지냈는가? 내가 보낸 서신은 읽어보았겠지?

워 릭 읽었습니다, 폐하.

왕 그렇다면 우리 왕국이 지금 병으로 신음하며, 악성 질병이 도지고 있다는 것을 알았을 것이다. 그리고 그 병독은 심장을 위협하고 있다.

워 릭 아직은 그 병이라야 신체를 불편하게 할 정도의 것이죠. 의사의 처방을 지키고, 약을 조금만 복용하면, 순식간에 원래의 건강을 회복할 수 있습니다. 노섬벌랜드 공이라는 병환 정도는 쉽게 진정될 수 있습니다.

왕　아, 신이여, 인간이 운명의 책을 읽을 수 있다면! 그리고 산을 평
지로 만들어, 견고한 땅덩이에 질린 나머지 대륙을 녹여서 큰 바
다로 만드는 시간 흐름의 변전(變轉)을 예견할 수 있다면! 해신
넵튠의 허리띠로서는 너무나 넓은 모래 해안을 뒤로 제치고, 썰
물이 저 멀리 바다로 물러가는 날을 미리 알 수 있다면! 또한 우
연한 일이 어떻게 인간을 농락하고, 세상살이의 변화가 어떻게
인생의 술잔에 여러 가지 술을 채우게 되는가를 예측할 수 있다
면! 아아, 만약에 이런 일을 예측할 수 있다면, 아무리 행복한 젊
은이도 인생 항로에서 겪은 과거의 위험이나, 미래의 불행을 생
각하고, 운명의 책을 덮어버릴 것이다. 무릎을 꿇고 죽음을 택할
것이다. 아직 십 년도 지나지 않았다. 리처드 2세와 노섬벌랜드
가 절친한 친구로서 음식을 함께 나누면서 다정하게 지나다가,
이 년 후에는 전쟁터에서 맞서게 되었으니. 그런데 아직도 팔 년
이 지나지 않았다, 그 노섬벌랜드가 나의 둘도 없는 심복으로서
형제처럼 나를 위해 온갖 정성을 다했다. 그는 나를 따르며 나머
지 목숨마저 내던지려 했다. 그래, 나를 위하여 리처드 얼굴에
도전의 말을 퍼부었다. 그런데 그 당시 옆에 누가 있었던가. (워
릭에게) 네가 있었지, 분명해, 네빌. 내 기억으로는 그때 리처드는
노섬벌랜드로부터 격한 말을 듣고, 눈에 잔뜩 눈물을 머금고 한
말이 지금은 올바른 예언이 되었다는 것을 알았네. 그는 이렇게
말했었지. "노섬벌랜드, 경은 종제(從弟) 볼링브로크가 나의 왕
좌에 오르도록 사닥다리 역할을 하는가." 물론 나는 그 당시 그
런 생각을 품고 있지 않았다. 다만 역사의 필연성으로 왕위가 고

개를 수그리고 다가오기 때문에 나는 할 수 없이 왕관에 입을 맞춘 것이다. 그는 또한 이렇게 말했다. "때는 올 것이다. 이 추악한 죄가 부풀어 화농(化膿) 되어 고름이 터질 날이 올 것이다." 그는 계속해서 오늘의 정세를 판단하며 나와 노섬벌랜드의 우정에 파탄의 날이 올 것을 예언하고 있었다.

워 릭 사람의 일생은 각자의 역사 얘기로서, 지나간 세월의 특성이 기록되어 있습니다. 그것을 읽을 수 있다면, 아직 햇볕을 보지 못한 채 씨앗으로 생명을 이어가는 앞날의 일들을 정확하게 예언할 수 있습니다. 그것은 마치 시간이 따뜻한 열을 가해서 사건의 병아리를 부화시켜 탄생시키는 일과 같습니다. 리처드 왕도 이런 필연적인 이치에 따라 멋들어지게 추측을 했을 뿐입니다. 그 당시 왕에 대해서 배신을 한 노섬벌랜드이기에 그 씨앗이 자라 더 큰 배신으로 성장하는 것은 당연한 일이죠. 그 씨앗이 뿌리를 내릴 지면을 달리 찾지 못했으니 폐하 속에 뿌리를 박을 것이라고 추측을 한 것입니다.

왕 그렇다면 오늘의 사태도 필연적인 결과였구나. 그렇다면 우리들도 필연적인 일로서 이 일에 대처해야 한다. 이와 같이 말하고도 우리가 분기(奮起)하지 않으면 되겠는가. 소문에 의하면 대주교와 노섬벌랜드 연합군은 병력 오만 명이라지.

워 릭 그럴 리가 없습니다. 소문이라는 것은 메아리와 같아서 두려움이 겹치면 적의 병력을 배로 증가시켜 전합니다. 폐하께서는 이제 취침하십시오. 저는 맹세코 말합니다. 폐하가 이미 파견한 군대만으로도 승리를 거둘 수 있다고 믿습니다. 폐하를 더욱더 안

심시키는 낭보(朗報)가 있습니다. 글렌다워가 죽었다는 확증을 입수했습니다. 폐하께서는 지난 이 주일 동안 건강이 좋지 못하신 것 같습니다. 이토록 깊은 밤 잠자리를 떠나 계시면 옥체에 해롭습니다.

왕 그대의 충고를 따르겠다. 이 내란을 하루속히 진압하고 나면, 그때에는 성지로 향하는 십자군 원정에 나서기로 하자. (일동 퇴장)

제2장 글로스터셔의 판사 샐로의 집 앞

샐로와 동료 판사 사일런스 등장. 병사 몰디, 새도, 워트, 피블, 불카프, 그리고 하인들 등장.

샐 로 자, 자, 자, 악수합시다. 악수들 합시다. 일찍 일어나셨네, 정말이지! 어떻게 지내셨나, 사일런스?

사일런스 안녕하십니까, 샐로.

샐 로 나의 종매(從妹)인 자네 안사람 잘 있나요? 그리고 당신 딸이면서 내 딸인 참한 엘렌도 잘 있겠죠?

사일런스 그 앤 까마귀처럼 검정머리랍니다!

샐 로 정말이지, 내 종제뻘인 당신 아들 윌리엄은 훌륭한 학자가 되었겠지요? 아직도 옥스퍼드에 재학 중인가요?

사일런스 그렇습니다, 돈이 들어서 큰일이죠.

샐 로 그렇다면 곧 법학원에 들어가겠군요. 나도 한때는 클레멘트 법학원에 있었죠. 지금도 그곳서는 미친 섈로로 화젯거리랍니다.

사일런스 틀림없이 그 당시에는 정력이 넘치는 섈로였겠죠.

섈 로 정말이지, 여러 가지 별명이 있었죠. 그리고 여러 가지 일을 척 척 해냈죠. 철저하게 해냈어요. 언제나 나와 함께 있었던 사람은 스태퍼드셔에서 온 꼬마 존 도이트와 까무잡잡한 조지 반스, 프 랜시스 픽본, 그리고 코츠워드에서 온 윌 스퀴일이 있었죠. 네 개의 법학원 전부 훑어보아도 이런 난폭한 사인조를 만나볼 수 는 없을 겁니다. 솔직히 말해서 우리들은 어디에 쓸 만한 여자가 있는지 낱낱이 알고 있었어요. 그래서 우리는 언제나 자유롭게 최고의 여자를 수중에 넣을 수가 있었죠. 잭 폴스타프는 지금 존 경이지만 그 당시에는 꼬마 아이로서, 노퍽 공 토머스 모브레이 경의 시동이었어요.

사일런스 존 경이라면, 이곳에 곧 모병(募兵)하러 오게 되는 그 존 말인가 요?

섈 로 바로 그 남자입니다. 나는 그 사람이 궁전 문 앞에서 스코간의 대가리를 까부수는 것을 본 적이 있어요. 아직도 이 정도밖에 안 되는 키였는데 말입니다. 그런데 바로 그날, 실은 저도 그레이 법학원 뒤에서 과일 장수 샘슨 스톡피시와 싸움질을 했었죠. 아 아, 신이여, 정말이지 나는 방탕한 세월을 보냈습니다! 옛 친구 들은 대부분 작고했습니다!

사일런스 우리도 머지않아 뒤따르게 됩니다.

섈 로 그렇습니다. 그렇습니다. 정말 그렇습니다. 정말이죠. 「시편」에 서도 말하고 있듯이, 죽음을 피할 수 있는 사람은 하나도 없어요. 인간은 누구나 죽을 운명이죠. 스탬퍼드 시장에서는 소 한 쌍에 얼마나 하던가요?

사일런스 실은 그곳에 가보지 못했습니다.

샐 로 인간은 누구나 죽을 운명이죠. 그 마을에 살던 더블 노인은 아직도 건강하신가요?

사일런스 죽었습니다.

샐 로 저런, 저런, 죽었다니! 궁술의 명인이었는데, 죽었다니! 활 솜씨가 대단했어요. 폐하의 부왕이신 곤트의 존 어른께서는 그 사람을 무척 아끼셨는데, 그 사람이면 언제나 안심하고 큰돈을 걸었지요. 그런데 죽었다니! 이백사십 야드 떨어진 과녁을 중심에 적중할 수 있었고, 또 이백팔십 내지는 구십 야드만큼 멀리 화살을 쏴 보내기도 했는데, 보고 있으면 속이 다 후련했지요. 암양 스무 마리의 시세는 얼마나 하던가요?

사일런스 물건 나름이지만, 좋은 암양이면 스무 마리에 십 파운드쯤 할 겁니다.

샐 로 더블 노인도 죽었구나!

사일런스 저기서 오는 두 사람은 존 폴스타프 경의 부하 같은데요.

　　바돌프가 부하 한 사람 거느리고 등장.

샐 로 안녕하십니까, 어르신네들.

바돌프 안녕하십니까, 실례입니다만 샐로 판사는 어느 분이신가요?

샐 로 내가 로버트 샐로지요. 이 주의 보잘것없는 향사(鄕士)로서, 국왕 폐하의 임명에 의해 치안판사를 지내고 있어요. 그런데 당신의 용건은 무엇이오?

바돌프 저희 대장으로부터 안부를 전합니다. 저희 대장 존 폴스타프 경은 아주 용감한 신사이며, 씩씩한 지휘관입니다.

샐 로 인사를 받으니 감사하오. 그분은 훌륭한 검객이죠. 그래 기사 양반은 어떻게 지내고 계십니까? 그리고 영부인께서는 어떻게 지내십니까?

바돌프 실례 말씀입니다만, 군인에게는 아내가 필요 없을 정도로 여러 가지 편의를 얻고 있어요.

샐 로 정말이지, 말씀 잘 하셨어. 정말이지 잘 말했어요. "편의를 얻고 있다"니! 좋은 말씀이야, 정말이지 좋은 구절이지. 언제 들어도 좋은 말씀이야. "편의"라, 그 말은 "편리"라는 말에서 비롯된 것이죠. 아주 좋은 낱말이에요, 좋은 말이죠.

바돌프 실례입니다만, 그 말은 저도 들은 적이 있습니다만, 저는 하늘에 맹세코 "편의"라는 말은 모릅니다. 하지만 저는 이 칼을 걸고 맹세합니다. 그 말은 군인다운 말이고, 명지휘관에 어울리는 말이라고 단호하게 주장하고 싶습니다. 편의가 주어진다는 말은, 결국 인간에게 이른바 편의가 주어지는 상태의 뜻으로서, 인간에게 이른바 편의가 주어진다고 생각하는 상태를 말하는 것입니다. 말하자면, 대단히 멋진 일이라는 것입니다.

샐 로 확실히 그렇습니다.

　　폴스타프 등장.

아, 저기 존 경이 오셨네요. 손을 주십시오. 귀하의 손을 주십시오. 원기가 좋으십니다. 그 나이에 근력이 좋으시네요. 잘 오셨습니다, 존 경.

폴스타프 귀하도 아주 건강해 보입니다. 로버트 섈로 님. 이분은 슈어카드 님이십니까?

섈 로 아니, 이 사람은 내 사촌 사일런스입니다. 나의 동료이기도 합니다.

폴스타프 사일런스 님이시군요. 평화 유지를 위한 치안판사에 적절한 이름이십니다.

사일런스 잘 오셨습니다.

폴스타프 무척이나 덥습니다. 그건 그렇고, 여섯 명의 건장한 군인들을 집합시켰습니까?

섈 로 집합시켰습니다, 우선 좌정하십시오.

폴스타프 그러면, 그 사람들 만나봅시다.

섈 로 명부가 어디 있었나? 어디 있나? 명부가 어디 있나? 어디 보자, 어디 보자, 어디 보자. 그래, 그래, 그래, 그래, 그래, 그래, 그래. 이것이로구나. 라프 몰디! 호출하면 앞으로 나와. 알겠는가? 그렇게 하게. 어디 보자. 몰디는 어디 있는가?

몰 디 네, 여기 있습니다.

섈 로 어떻습니까, 존 경? 몸집이 단단하고, 젊고, 건장한 데다 집안도 좋습니다.

폴스타프 자네 이름이 몰디인가?

몰 디 그렇습니다.

폴스타프 몰다라…… 몸집이라……. 몸이 닳아빠지기 전에 빨리 써먹어야겠네.

샐 로   핫, 핫, 핫! 말씀 재미있습니다, 정말이지, 닳아버리면 써먹을 수
없죠. 정말이지 절묘합니다. 말씀 잘하셨어요. 존 경.

폴스타프   합격자 명부에 저 사람 이름을 적어두시오.

몰 디   저는 집에서도 아주 귀중한 존재입니다. 제발 사정을 봐주세요.
저 대신 밭일이나 부엌일 하는 사람을 쓰게 되면 어멈은 파산하
게 됩니다. 저 같은 사람을 억지로 입대시키지 않더라도 군대에
써먹을 사람은 남아돕니다.

폴스타프   닥쳐라, 바보 녀석아. 너는 군인이 되어야 해. 몰디. 너 같은 놈
은 이미 전쟁터에서 이슬로 사라져야 했어.

몰 디   사라진다고요?

샐 로   시끄럽다. 입 다물고 있어라. 여기가 어딘 줄 아느냐? 그러면,
존 경, 다음 사람을 봅시다. 에에, 사이먼 섀도!

폴스타프   응, 그놈을 끌고 다니고 싶다. 그놈을 내 밑에 서도록 하시오.
섀도(그림자)라니 시원한 병정이 되겠네요.

샐 로   섀도는 어디 있는가?

섀 도   여기 있습니다.

폴스타프   섀도, 너는 누구의 자식이냐?

섀 도   네, 어머님 아들입니다.

폴스타프   어머님 아들이라! 그런가. 그렇다면 아버지 그림자인가. 그래,
여자의 아들은 남자의 그림자이다. 간혹 그렇다. 그런데, 아버지
의 모습은 없구나!

샐 로   이 사람 마음에 드십니까, 존 경?

폴스타프 이름이 그림자(새도)라 여름에는 쓸모 있겠다. 징집해라. 명부
를 채우려면 많은 그림자들이 필요해.

샐 로 토머스 워트!

폴스타프 어디 있는가?

워 트 여깁니다.

폴스타프 워트(사마귀)라 부르는가?

워 트 그렇습니다.

폴스타프 사마귀치곤 지저분한 몰골이다.

샐 로 징집할까요?

폴스타프 이놈의 누더기 옷이 등에 붙어서 몸 전체가 바늘 위에 서 있는
꼴이죠. 징집 불가.

샐 로 핫, 핫, 핫! 말씀 잘 하셨습니다. 그러면, 프랜시스 피블!

피 블 여깁니다.

폴스타프 피블인가, 어떤 장사를 하고 있나?

피 블 여자 옷을 만듭니다.

샐 로 징집할까요?

폴스타프 합격입니다. 이 사람이 남자 옷을 만든다면 귀하의 옷을 만들
어드렸을 겁니다. 너는 여자 속옷에 숱한 구멍을 뚫었듯이 적진
을 뚫고 들어갈 자신이 있는가.

피 블 힘껏 해보겠습니다. 누구에게도 지지 않겠습니다.

폴스타프 잘 말했다. 피블! 용감한 피블! 너는 성난 비둘기처럼, 용맹스
러운 쥐처럼 분투할 것이다. 이 재봉사를 징집하시오. 샐로 님,
깊이 푹 찍으세요, 깊숙이 찍으시오, 샐로 님(경박한 사람이라는

뜻—역자 주).

피 블 저어, 워트도 함께 갈 수 없습니까.

폴스타프 네가 남자 양복 전문이라면 그 사람 고쳐 만들어 군인답게 만들 수 있었을 텐데, 지금의 워트는 졸병이 될 수 없네. 그 사람은 천만 군인들의 지휘관 감이야. 이 정도로 해두자. 힘찬 피블(약한 자라는 뜻—역자 주).

피 블 됐습니다.

폴스타프 감사하다. 피블. 다음은 누구인가?

샐 로 목장의 피터 불카프!

폴스타프 소 치는 불카프, 어디 있는가?

불카프 여깁니다.

폴스타프 그렇구나, 소처럼 튼튼한 장정이로다! 물론 합격이다. 불카프 (수송아지—역자 주)를 으르렁댈 때까지 단단히 찍으시오.

불카프 오, 맙소사, 대장님…… 제발…….

폴스타프 뭔가, 찍히기도 전에 벌써 으르렁대는가?

불카프 대장님, 저는 환자올시다.

폴스타프 무슨 병인가?

불카프 몹쓸 감기에 걸렸습니다. 예, 기침이 심합니다. 국왕 폐하 대관식 날에 축하 종을 치는 동안에 걸렸습니다.

폴스타프 오너라. 가운을 걸치고 전쟁터로 가면 되는 거지, 안 그래. 감기를 떼어주마. 그리고 네 친구들에게 명령해서 너를 위하여 종을 울리도록 해주마. 이것이 전부요?

샐 로 요청하신 수보다 두 명을 더 증원했습니다. 여기 네 명을 뽑아놓았습니다. 이쯤 해두시고, 안으로 들어가서 식사를 하시죠.

폴스타프   그러면 한잔 들어볼까. 식사시간까지 이곳에서 머뭇거릴 수는 없어요. 하여튼 샬로 님, 당신을 만나서 기쁩니다.

샬 로   오, 존 경. 기억나십니까, 세인트조지 들판의 풍차 오두막에서 하룻밤 지낸 일 말입니다.

폴스타프   인제 그 얘기는 그만하도록 합시다. 샬로 님, 그 얘긴 그만합시다.

샬 로   핫, 하, 즐거운 밤이었습니다. 그런데 제인 나이트워크는 지금도 살아 있습니까?

폴스타프   샬로 님, 그 여자는 살아 있습니다.

샬 로   그 여자는 나를 아주 싫어했습니다.

폴스타프   그랬어요. 그 여자는 샬로 님을 견딜 수 없다고 말했어요.

샬 로   제가 그 여자를 발끈하게 만들었습니다. 그 당시에는 어여쁜 여자였습니다. 지금도 여전합니까?

폴스타프   쪼그랑 할매가 되었어요.

샬 로   그렇겠죠. 할망구가 되었네요. 늙을 수밖에 없으니 늙었네요. 제가 클레멘트 법학원에 들어가기 전에 남편 나이트워크 사이에 로빈 나이트워크라는 아들이 생겼는데요.

사일런스   오십오 년 전 일입니다.

샬 로   여보게, 사일런스, 이 기사와 내가 보낸 세월을 그대도 보았으면 좋았을 것을! 핫, 하. 존 경, 안 그래요?

폴스타프   우리는 한밤중에 종소리를 들었지.

샬 로   그랬어요, 그랬어요, 그랬어요. 존 경, 정말이지, 종소리를 들었습니다. 우리들의 암호는 "한잔 빨자!"였습니다. 자. 식사를 합시다. 식사입니다. 아아, 그 세월이 그립구나! 자, 이쪽으로. (폴스타프와 판사들 퇴장)

불카프 바돌프 하사 나으리, 내 편을 들어주십쇼. 프랑스 금화로 영국화폐 십 실링 은화 네 개를 바치겠습니다. 솔직히 말해, 군대 갈 바에는 목매다는 편이 낫겠습니다. 저 개인으로서는 아무래도 좋습니다만, 그러나 저는 마음이 내키지 않아요, 저 개인의 생각으로는 가까운 사람들과 함께 지내고 싶죠. 이것만 아니라면, 저 개인으로서는 아무래도 좋습니다.

바돌프 됐어, 물러섰거라.

몰 디 하사 나으리. 저의 늙은 어미 생각을 해서라도 제발 도와주십시오. 제가 군대에 가면 어머님을 돌볼 사람이 없습니다. 어머님은 연로하시고, 혼자서는 아무 일도 할 수 없습니다. 사십 실링 드리겠습니다. 부탁합니다.

바돌프 됐어, 물러섰거라.

피 블 저는 아무래도 좋습니다. 사람은 태어나면 한 번은 죽는 법이죠. 목숨은 하느님으로부터 빌린 거 아닙니까. 비겁한 마음은 버리기로 합시다. 죽을 운명이라면, 그것도 좋아요. 죽지 않을 운명이라면 그것도 좋아요. 나라 위해 목숨 바쳐 나쁠 건 없지. 될 대로 되어라. 금년에 죽으면 내년에는 안 죽어도 된다더라.

바돌프 말 잘했다. 쓸 만한 놈이로군.

피 블 정말이지, 나는 비겁한 자가 되고 싶지 않다.

폴스타프와 판사들 등장.

폴스타프 자, 그러면 누구를 데리고 가나?

샐 로 네 사람 가운데서 고르세요.

바돌프 존 경, 잠깐만. (폴스타프 귀에다 대고) 실은 몰디와 불카프로부터 병역 면제조로 일금 삼십 실링을 받아놓았습니다.

폴스타프 알았다.

샐 로 자, 그러면 누구를 징집합니까, 존 경?

폴스타프 나를 위해 그대가 골라주게?

샐 로 좋습니다, 그렇다면 몰디, 불카프, 피블, 그리고 섀도를 징집합니다.

폴스타프 몰디와 불카프, 앞으로. 너 몰디는 병역면제가 될 때까지 집에 있거라. 너, 불카프. 병역 적령의 나이가 될 때까지 황소처럼 무럭무럭 자라거라. 두 사람은 필요없다.

샐 로 존 경, 존 경, 그러시면 손해가 됩니다. 이 두 사람은 군인으로 아주 적합합니다. 최상급 부하를 모처럼 대령시켰는데요.

폴스타프 샐로 님, 나에게 군인 뽑는 법을 가르칠 생각입니까? 수족, 근육, 체격, 골격, 큰 덩치 따위는 아무래도 좋다. 중요한 것은 근성이다. 샐로 님, 이 워트를 봅시다. 겉보기에는 지저분하지만 양은 망치 못지 않게 빠른 동작으로 장탄도 하고 발사도 하는가 하면, 양조장 시동이 언덕을 쏜살처럼 내려오는 것보다도 더 빨리 전진도 하고 후퇴도 합니다. 그리고 이 반쪽짜리 여윈 얼굴의 섀도. 졸병으로는 그저 그만이오. 적의 표적이 되지 않아요. 이런 사람을 표적으로 삼고 적중시키려면, 그것은 마치 나이프의 칼날을 가늠하는 것과 같아요. 그리고 이 양장점 재단사 피블을 봅시다. 여차하면 줄행랑치는 발빠른 솜씨는 이 사람을 당할 수 없어요! 전쟁에 필요한 것은 덩치 큰 사나이가 아니라, 홀쭉한 놈이야. 바돌프, 워트에게 소총을 주어라.

바돌프 알겠는가, 워트, 총을 들라. 워트, 전진, 하나둘! 하나둘!

폴스타프 이번에는 소총 조작법이다. 그래, 잘 한다! 그래, 좋다! 아주 좋다! 전쟁에서 필요한 것은 작고, 여위고, 늙고, 쪼그라진 대머리 사수(射手)이다. 잘했다, 워트. 이렇게 잘할 줄은 몰랐다. 자, 상금으로 육 펜스 주겠다.

샐 로 이 남자는 틀렸습니다. 총 만질 줄도 모릅니다. 지금도 기억합니다만, 제가 클레멘트 법학원에 있었을 때, 마일엔드 그린 연병장에서 아더 왕과 그 기사들로 가장한 사격대회가 있었죠. 저는 궁전의 어릿광대 다고넷으로 분장하고 참가했었죠. 그때 아주 민첩한 작은 남자가 있었는데, 소총을 이렇게 조준하고 닥치는 대로 차례 차례로 쏘아대는데, 쏘고는 물러서고, 또다시 나타나서 쏘곤 했습니다. 그런 명사수는 두 번 다시 만날 수 없을 것입니다.

폴스타프 이 사내들도 잘할 것입니다. 샐로 님. 그러면 실례하겠습니다, 사일런스 님(사일런스는 침묵이라는 뜻-역자 주). 당신과는 앞으로도 침묵의 대화를 나누고 싶소. 두 사람 모두 안녕히 계십시오. 감사합니다. 오늘 밤 안으로 십이삼 마일 가지 않으면 안 됩니다. 바돌프, 이 사람들에게 군복을 주어라.

샐 로 안녕히 가십시오, 존 경! 무운을 빌겠습니다! 하루빨리 평화가 오기를 빕니다! 돌아오는 개선의 길에 저희 집에 들러주십시오. 구정을 나눕시다. 함께 궁정에 입궐하도록 합시다.

폴스타프 샐로 님, 그렇게 되면 얼마나 좋겠습니까.

샐 로 그렇게 될 것이라고 약속합니다. 자, 이만 실례합니다.

폴스타프 잘 가시오. 두 분 양반들이여. (판사들 퇴장) 바돌프, 이놈들을 데려가라. (바돌프 신병들과 함께 퇴장) 귀로에는 이놈의 판사들을 털어줄 테다. 샐로 판사의 밑바닥이 보인다. 주여, 우리는 늙으면 이토록 거짓말하는 악덕에 빠지게 됩니까! 이 굶주린 판사 놈들은 기껏 하는 얘기들이 젊은 시절의 방탕한 얘기, 턴불 거리에서 여자 상대로 세운 공로담뿐이다. 그런데, 세 가지 얘기 가운데 한 가지는 거짓말인데, 그 얘기를 터키 왕에 조공 바치듯이 또박또박 우리 귀에 쏟아놓고 있단 말이야. 나도 기억하고 있지. 저 놈이 클레멘트 법학원에 있었을 당시, 저놈은 먹다 남은 치즈 껍질로 만든 인형처럼 말라빠져서 벌거벗으면 기괴한 모양이었는데, 칼로 머리를 조각한 모양새가 마치 두 가랑이의 무와 흡사했어. 눈이 나쁘면 도무지 보이지도 않을 정도로 여윈 모습이었다. 말하자면 기아의 화신(化身)이었다. 그 주제에 음탕하기란 원숭이 같아서, 갈보들은 그를 정력 좋은 변강쇠라고 불렀지. 언제나 유행에 처지면서 수레 끄는 짐꾼의 콧노래를 듣고 외워 밑구멍이 빨리고 닳아버린 잡년들에게 불러주고는 자작의 즉흥시나 자장가라고 허풍을 떨었단 말이야. 그런데 이 외가지 칼 같은 어릿광대 같은 놈이 지금은 시골 향사가 되고, 곤트의 존 공작이 마치 자기 형제나 되듯이 말하고 있는 게 아닌가. 그놈이 공작을 만난 것은 경기장에서 꼭 한 번뿐이었다. 그때, 그놈이 경기 담당 부하들 틈에 끼여 들어가다가 대가리가 터졌지. 난 그 모습을 보고 공작님에게 한마디 했다. 곤트 님, 꽝 한 방 먹였군요. 그때부터 그놈은 여위고 말라붙어 옷 입은 채로 뱀장어 껍질 속에 갇힐 놈이 되었지. 오보에 케이스는 그에게는 호화로운 저택이요, 궁전이야. 그런데 지금 그는 토지를 갖고, 소를 치고 있으니. 두고 봐라, 개선하는 날, 나는 치고 들어갈 것이다. 그는 나에게 황금알 낳는 보물이다. 만약에 젊은 황어가 늙은 창꼬치의 미끼가 되는 것이 자연의 이치라고 한다면, 내가 세로우 판사를 물어뜯어서 안 된다는 법도 없지. 때가 되면, 행운이 온다. (퇴장)

제4막

제1장 요크셔, 골트리 숲

요크의 대주교, 모브레이 경, 헤이스팅스 공 및 기타 등장.

대주교 이 숲의 이름은 무엇인가?

헤이스팅스 골트리 숲이라고 부릅니다.

대주교 여기서 병사들을 쉬게 하고, 척후병을 보내 적군의 병력을 탐지
하도록 하시오.

헤이스팅스 이미 파견하였습니다.

대주교 잘했습니다. 이 거사에 참가한 동지 여러분들, 한 가지 알릴 일
이 있습니다. 최근에 나는 노섬벌랜드 백작으로부터 한 통의 편
지를 받았습니다. 그 속에 담긴 의미 내용은 비관적인 것입니다.
즉 그는 그의 신분과 집안에 알맞는 병력을 이끌고 스스로 출전
하고 싶은 충심을 전하고 있는데, 문제는 그만한 병력을 모을 수
없다는 것입니다. 따라서 기운(機運)이 성숙할 때까지 일단은 스
코틀랜드로 후퇴하기로 한다는 것입니다. 제발 여러분의 계획
이 적군의 사생결단의 반격을 무찌르고, 최후의 승리를 얻을 수
있도록 마음속으로 빌고 있겠다는 말로 편지를 맺고 있습니다.

모브레이 그렇다면 우리들이 그에게 걸고 있는 희망은 땅에 떨어져 산

산조각이 났다는 얘기로군요.

전령 등장.

헤이스팅스 이봐, 무슨 소식인가?

전　령 삼가 말씀드립니다. 이 숲 서쪽의 일 마일 못 미치는 지점에 적군이 당당한 대형을 과시하면서 진군하고 있습니다. 그들이 차지한 지면의 넓이를 추측해보면 그들 병력은 약 삼만, 또는 그 숫자에 이른다고 봅니다.

모브레이 우리들이 예상한 병력입니다. 우리 군도 즉시 출동해서 적과 대진(對陣)합시다.

대주교 저토록 당당하게 무장한 장군은 누구인가?

웨스트모어랜드 백작 등장.

모브레이 웨스트모어랜드 백작인 듯합니다.

웨스트모어랜드 우리 군의 사령관인 랭카스터 공 존 전하로부터 여러분들의 건강을 축복하면서, 마음속 깊이로부터 안부를 전합니다.

대주교 웨스트모어랜드 백작, 안심하고 말하시오. 여기 오신 용건이 무엇이오?

웨스트모어랜드 그렇다면, 대주교님, 지금부터 제가 말씀드리는 것은 각하에게만 들려드리는 내용입니다. 이번의 반역행위가 본래의 모습을 갖춘다면, 즉 혈기에 넘친 젊은이들에게 이끌리고 누더기 옷을 걸친 아이들이나 거지들에게 지지를 받는 볼꼴 사나운 오합지졸의 저주받을 폭동을 어김없이 보여주는 그런 양상이라고 한다면, 그런 고유의 형태를 갖고 진정 나타난 것이라 한다면, 거룩한 교주로서의 각하나 여기 계신 여러 공신들이, 아뿔사 이런 자태로 출전한다면, 이것은 비열하고 무모한 반란의 추악한 모습일 뿐, 여러 공신들의 아름다운 명성으로 성립된 반란은 아닙니다. 대주교 각하, 각하의 직권은 나라에 평화가 있을 때 유지되며 각하의 수염은 평화의 손에 의해 은빛으로 빛나며, 각하의 학식과 식견은 평화를 모태로 해서 함양되었으며, 각하의 순백의 법의는 티없이 깨끗한 순결의 표시가 되는 동시에 평화의 거룩한 사자인 흰 비둘기를 나타내고 있을 것입니다. 그런데 어찌하여 각하는 그토록 아름답고 고마운 평화의 복음을 버리시고, 소란스럽고 귀 따가운 전쟁의 아우성소리에 몸을 던지셨습니까? 어찌하여 각하는 성경 대신 가죽 표지를 닮은 정강이 보호대를 감으시고, 잉크 대신 피로, 펜 대신 창으로, 복음의 말씀 대신 전쟁터의 요란한 나팔 소리를 터뜨리려고 하십니까?

대주교 내가 왜 이 짓을 하는지 묻고 있구나? 그렇다면 간단히 대답하마. 우리들은 지금 너 나 할 것 없이 병에 걸려 있다. 포식과 방탕을 일삼은 까닭에 심한 열병을 앓고 있다. 이 병을 고치려면, 절개수술을 해서 독혈(毒血)을 뽑아내지 않으면 안 된다. 이 병 때문에 선왕 리처드도 돌아가셨다. 그러나 경애하는 웨스트모어랜드 백작, 나는 스스로 명의의 역할을 맡고 싶지는 않다. 평화의 적이 되어 장군들 틈에 끼여, 직접 행동에 나서려고 하는 것은 아니다. 다만 잠시 동안 무서운 전란의 양상을 보여주고, 행복에 겨워 식체를 앓고 있는 부패한 마음에 식이요법을 가해, 생명의 흐름을 저해하고 있는 나쁜 피를 빼내어, 혈관을 깨끗하게 씻어주고 싶을 뿐이다. 잘 들어다오. 나는 이번의 무장봉기가 초래하는 악덕과, 현재 우리들이 참고 견디는 악덕을 공평하게 저울질해봤다. 그 결과 우리들이 저지르는 피해보다는 현재의 악폐(惡弊)가 더욱더 심각하다는 것을 알게 되었다. 그래서 우리들은 시대의 움직임을 살펴본 다음, 평온한 생활을 버리고 시대의 격류 속으로 몸을 내던진 것이다. 현재의 악폐에 대한 우리들의 불만에 대해서는 이미 조목조목 모두 기록해놨으니, 때가 되면 공표하겠다. 그 내용은 한때 왕에게 진언하려고 했지만, 아무리 사정해도 들어주는 기회를 허락하지 않았다. 악폐 때문에 신음하는 우리들이 불만을 진정해도 우리들을 고생시키는 악폐의 원흉들의 수작 때문에, 왕의 알현을 바라는 청원 자체를 거부당한 것이다. 과거라 하지만 금세 지나간 지난날의 위기가 흘린 선혈이 지금도 이 땅에 생생한 흔적을 남기고 있다. 과거의 갖가지 비행과 현재도 발생하고 있는 비참한 사건들을 생각하면, 우리들은 이렇게 몸에도 맞지 않는 갑옷을 걸치고 궐기하지 않을 수 없다. 우리는 평화를, 한 조각 평화의 티끌도 파괴하고 싶지 않다. 다만 진정한 평화를, 그 이름에 합당한 가치 있는 평화를 우리 영국 땅에 확립하고 싶기 때문에 전쟁을 택한 것이다.

웨스트모어랜드 탄원이 거절된 때가 언제입니까? 왕으로부터 받은 냉대는 무엇입니까? 왕명으로 각하를 괴롭힌 귀족은 누구입니까? 그런 이유 때문에 각하는 잔학무도한 반역의 연판장에 날인하여 거룩한 신의 이름으로 모반의 칼을 휘두를 생각인가요?

대주교 동포 전체, 국가에 대해, 그리고 사사롭게는 내 동생에 대한 온
갖 잔학한 처사 등이 전쟁의 원인이오.

웨스트모어랜드 그런 처사를 바로 잡는 일은 불필요합니다. 가령 있다고
하더라도 그것은 각하의 소임이 아닙니다.

모브레이 왜 안 되는가? 대주교와 우리들은 지금까지 겪은 과거의 상처
와 무법 압제 때문에 고통을 받고 있다. 우리들은 부당하게도 명
예를 더럽히고 있다. 그런데도 우리들이 이 일을 보고만 있으란
말인가?

웨스트모어랜드 아닙니다, 모브레이 경, 그것은 불가피한 시대의 정세
때문입니다. 그러니까 자신에게 해를 끼치고 있는 것은 왕이 아
니라, 시대의 죄 때문이라고 말할 수 있습니다. 그런데 특히 당
신의 경우는 왕의 처우에 대해서도, 지금 이 시대에 대해서도 원
한의 원인을 발견해서 불평을 늘어놓을 이유가 없다고 봅니다.
분명 당신은 사람들로부터 존경을 받고 있는 부친 노퍽 공작의
영토를 모두 되돌려받지 않았습니까?

모브레이 선친께서는 어떤 명예를 잃었단 말입니까? 나는 지금 그것을
새삼스럽게 회복할 생각은 없습니다. 리처드 왕께서는 선친을
사랑하셨지만, 제반 사정으로 만부득이 부친을 추방하지 않으
면 안 되었습니다. 그 당시 헨리 볼링브로크와 부친은 박차를 기
다리며 울어대는 준마를 올라타 안장에 자리 잡고 가슴을 당당
히 펴며, 상대방을 향해 창을 거머쥐며 투구 턱가리개를 내리고,
강철 틈새로 안광을 번쩍이며 우렁차게 울려퍼지는 나팔 소리
의 신호에 맞춰 서로 대치하고 있었습니다. 그때, 아아 바로 그

때에 볼링브로크의 가슴에 찍힐 창을 아무도 거부하지 못했을 그때에, 왕이 지휘봉을 내던지고 결투 중지를 명하셨지요. 왕은 그 지휘봉과 함께 자신의 목숨을 내버리신 겁니다. 그때에 왕은 자신과 모든 신하들의 목숨을 버리신 겁니다. 그들은 나중에 볼링브로크의 손에 불행히도 처형되든가, 아니면 전쟁의 이슬로 사라져갔습니다.

웨스트모어랜드 모브레이 경, 당신은 모르고 있는 모양입니다. 당시 해리포드 백작 볼링브로크라 한다면, 영국 최고의 용맹스러운 장군이었습니다. 승리의 행운이 누구의 것인지는 아무도 모르는 일이었습니다. 가령 당신의 부친이 승리했다 하더라도, 당신의 부친은 승리자로서 코벤트리 시합장 밖으로 나갈 수는 없었을 것입니다. 왜냐하면 이 나라 국민들은 모두가 당신의 부친을 증오하고 있었기 때문입니다. 국민들은 해리 포드 백작을 위해 사랑의 기도를 올리고 있었기 때문입니다. 그들은 왕 이상으로 볼링브로크에 대해서 사랑과 축복을 보내고 있었습니다. 그러나 이런 이야기는 저의 사명에서 빗나가는 일이 됩니다. 총사령관인 우리 전하의 명을 받고 제가 온 것은, 첫째 당신들의 고충을 듣기 위함이고, 둘째로는 전하 자신이 여러분들을 만나도 좋다는 의향을 전하기 위해서입니다. 그리고 당신들의 요구가 정당한 것이면, 그것을 듣고, 서로 간의 적대 관계를 깨끗이 청산하자는 말씀도 있었습니다.

모브레이 그런 제안은 강요된 것이다. 호의에서 비롯된 것이 아니고, 책략에서 나온 것이다.

웨스트모어랜드　모브레이 경, 그건 지나치게 오만한 생각이오. 이런 제
　　　　　　안은 자비심이지, 공포심에서 나온 것은 아닙니다. 보십시오.
　　　　　　바로 코앞에 우리 군이 진을 치고 있소. 명예를 걸고 말합니다
　　　　　　만, 전군의 사기는 충천하고 있소. 공포심 따위를 품고 있는 자
　　　　　　는 한 사람도 없소. 우리 진영에는 당신들보다 더 용맹스러운 군
　　　　　　사들이 넘쳐 있고, 우리 진영에는 무예가 탁월한 병사들이 줄줄
　　　　　　이 서 있소. 우리들의 갑옷은 견고하고, 우리들의 명분은 더할
　　　　　　나위 없이 당당하오. 그러니 우리 군사들이 용감한 것은 당연지
　　　　　　사입니다. 제발 우리의 제안이 강압적이라고 말하지는 마시오.

모브레이　절대로 협상을 인정할 수 없다.

웨스트모어랜드　그것은 스스로 잘못을 인정하는 일이다. 썩는 통에는 뚜
　　　　　　껑을 닫아라, 그런 속담 그대로이군.

헤이스팅스　한 가지 묻겠다. 왕자 존 전하는 부왕을 대신해서 결정권을
　　　　　　행사하도록 전권을 위임받고 있는가? 말하자면 우리들이 요구
　　　　　　하는 조건을 듣고, 최종적으로 결정권을 행사하는 권한을 갖고
　　　　　　있는가?

웨스트모어랜드　그야 물론 총사령관 명칭 속에 포함되어 있다. 어째서
　　　　　　그런 어리석은 질문을 하는가.

대주교　그렇다면, 웨스트모어랜드 공, 이 편지를 갖고 가시오. 이 속에
　　　　　　우리들의 불만 사항이 모두 적혀 있소. 여기 기록된 모든 사항이
　　　　　　올바르게 개정되고, 이번 거사에 참여한 여기 있는 동지들, 또는
　　　　　　여기 없는 동지들 모두가 정식 수속을 밟은 후 무죄로 인정되고,
　　　　　　또한 우리들의 요구 사항이 우리들이 의도한 대로 즉시 이행되

는 경우에는, 우리들은 왕을 공경하는 신하의 대열에 돌아가서 전력을 다해 평화 유지에 힘쓸 것이오.

웨스트모어랜드 이 서신을 즉시 총지휘관에게 전달하겠습니다. 그러면 여러분, 양군이 지켜보는 가운데 회담이 진행되기를 바라겠습니다. 그 결과 평화가 이룩될 것인가 — 그러길 바랍니다만 — 아니면 단판이 결렬되어 전쟁터에서 칼싸움을 벌일 것인가, 양 단간에 결말을 보게 될 것입니다.

대주교 각하, 그렇게 합시다. (웨스트모어랜드 공 퇴장)

모브레이 어쩐지 좋지 못한 예감이 든다. 우리들의 강화(講和) 조건이 유지될 수 없을 것만 같다.

헤이스팅스 그런 걱정은 하지 마시오. 우리들의 주장대로 광범위하게, 그리고 절대적인 조건 속에서 평화가 성립된다면 그것으로 인해 이룩되는 평화는 바위산처럼 견고하게 영속될 것입니다.

모브레이 그건 그렇지만, 문제는 왕이 우리들을 어떻게 평가할 것인가에 달려 있다. 비록 사소한 중상모략을 귀에 담는다 하더라도, 아니, 아주 형편없는 이유밖에 없다손 치더라도, 반드시 왕은 이번 같은 출병을 생각해낼 것이다. 그렇다면 아무리 우리들이 순교자의 신념을 갖고 왕에게 충성을 바치더라도, 풍랑을 만나면 순식간에 알맹이도 껍질처럼 똑같은 무게가 되고, 선악의 구별도 없이 저 멀리 날아갈 것입니다.

대주교 아니올시다, 그렇게까지는 되겠소, 모브레이 경, 내 말 들어보시오. 왕은 이런 까다로운 불평불만에는 넌덜머리가 났습니다. 의심스러운 사람 하나 죽이면, 더욱더 의심스러운 인물이 두 사람

나타난다는 사실에 겨우 눈뜬 것이오. 그러기 때문에 왕은 비망록을 깨끗이 지우고, 과거의 손실을 되풀이해서 또다시 기억에 되살리는 기록이나 증거는 몽땅 기억으로부터 멀리할 것입니다. 아무리 세심하고 면밀하게 의혹의 씨앗을 근절하려고 해도 이 나라에서 의심스러운 것을 뿌리째 씻는 일이 불가능한 것을 왕은 몸소 깨달았소. 무엇보다도 적과 동지가 땅속 깊이에서 서로 뿌리를 감고 뒤엉켜 있소. 그 뿌리를 뽑으려고 하면, 우리 편의 뿌리까지 흔들린다는 것입니다. 말하자면 이 나라는 왕에게는 화난 아내와 같다는 것입니다. 분통이 터져 주먹다짐을 하려고 하면 수식 간에 아기를 들어 올려주먹 앞에 내세우죠. 왕은 불끈 쥔 주먹을 거두고, 그런 남편처럼 결심한 징벌을 중단합니다.

헤이스팅스 더욱이나 왕은 최근에 계속된 징벌로 곤장도 회초리도 몽땅 다 써버렸습니다. 이제 새로운 죄인을 앞에 두고 그를 벌할 도구가 바닥이 났습니다. 즉 왕의 권력도 지금은 이빨 없는 사자 같은 것, 덤벼들기는 하지만 물고 늘어질 힘이 없죠.

대주교 그 말이 맞아요. 그러니 안심해도 좋다는 겁니다. 의전경(儀典卿) 각하, 만약에 화해의 결말이 잘 되면, 우리들의 평화는 골절된 수족의 접합처럼 한 번 부러진 다음이니 더욱더 튼튼해질 것입니다.

모브레이 그렇게 된다면, 오죽이나 좋겠습니까. 웨스트모어랜드 공이 돌아왔습니다.

웨스트모어랜드 공 다시 등장.

웨스트모어랜드　왕자님이 이곳에 오셨습니다. 양군 중앙 지점에서 전하
　　　와의 회담을 요청합니다.

모브레이　그렇다면 요크 대주교 각하, 출발하십시오.

대주교　앞으로! 먼저 가서 왕자를 뵙기로 하자. 갑시다. (일동 퇴장)

제2장　숲의 다른 곳

한쪽에서 부하를 거느린 모브레이, 대주교, 헤이스팅스 등이 등장.
다른 쪽에서 랭카스터 공, 웨스트모어랜드, 장교들 및 시종들 등장.

랭카스터　잘 오셨소, 모브레이 경, 그리고 대주교님 안녕하십니까. 그리
　　　고 헤이스팅스 공을 비롯해서 여러 경들을 만나니 기쁩니다. 그
　　　런데 요크 대주교, 당신은 선남선녀의 무리들이 종소리에 따라
　　　모여들고, 당신의 성경 말씀 강의에 경건하게 귀를 기울이는 그
　　　런 자리에 좌정하는 모습이 훨씬 어울리는 것이라고 생각됩니
　　　다. 이토록 철갑으로 몸을 감싸고, 우렁차게 군고(軍鼓)를 울리면
　　　서 반역자들을 고무하며, 말씀을 칼로 바꾸고, 목숨을 죽음으로
　　　바꾸는 일은 어울리지 않습니다. 만약에 이 자리에 나라의 임금
　　　으로부터 두터운 신임을 받고, 그의 총애가 비추는 햇살로 성장
　　　한 사람이 있다고 합시다. 그 사람이 왕의 보살핌을 남용한다면,

왕이라는 위대한 권위의 그늘에 숨어 있기에, 얼마나 큰 피해를 만들어내겠습니까! 대주교님, 당신의 경우가 바로 그렇습니다. 당신이 얼마나 깊이 하느님의 가르침에 정통하고 있는지에 대해서 모르는 사람은 없을 것입니다. 우리들에게는 당신은 신의 대리인이요, 우리들에게는 당신의 말씀은 상상 속의 하느님 그 자신의 목소리입니다. 말하자면 하늘에 계신 신의 마음을 우리들 우매한 인간에게 가르치고 전하는 일, 그것이 당신입니다. 그런데, 아아, 누가 믿겠습니까? 당신이 그 거룩한 지위를 악용해서 마치 간신이 군주의 이름으로 부정을 행하듯이, 신의 은혜로운 사랑을 남용하고 있는 일을. 당신이 하는 부끄러운 일을 누가 믿겠습니까? 당신은 신에 대한 열정이라는 위선의 깃발 아래서 신의 대리인이신 부친의 국민들을 모아서 대군을 편성하고 신의 평화와 부친의 평화를 위협하는 폭동을 일으켰습니다.

대주교 랭카스터 공에게 말합니다. 나는 부친의 평화를 위태롭게 하려는 것은 아닙니다. 얼마 전에 웨스트모어랜드 공에게 전한 대로, 누구나 알고 있는 일이지만, 혼란스러운 시대 상황 때문에 우리들 신변의 안전을 위해 이런 궤도를 벗어난 행동을 하게 된 것입니다. 우리들이 하고 싶은 이야기를 자세히 써서 왕에게 제출했지만 치욕적으로 거부당했습니다. 그러기 전쟁이라는 히드라가 탄생한 것입니다. 우리들의 공명정대한 요구가 인정되면, 이 괴물도 죽음을 초래하는 눈을 감고 잠자리에 들 것입니다. 광기의 저항을 거두고, 얌전하게 폐하의 발목에 기대어 고개를 숙일 것입니다.

모브레이　인정하지 않으면, 우리들은 최후의 한 사람까지 운명을 걸고 싸울 것입니다.

헤이스팅스　그리고 비록 우리들이 여기서 패배의 고배를 마신다 하더라도, 우리들의 뒤를 따르는 우군이 있습니다. 그들이 패배하더라도, 또 그들의 뒤를 따르는 우군들이 있을 것입니다. 이렇게 해서 전쟁은 또 다른 전쟁을 부르고, 영국 땅에 사람이 태어나는 동안 이 내란은 자손만대로 이어져 나갈 것입니다.

랭카스터　헤이스팅스, 그대는 경박하지 않은가. 먼 앞날의 일까지 예측해서 말하다니 너무 경박하지 않은가.

웨스트모어랜드　그보다는 전하, 이들이 요구하는 조건을 어느 선에서 인정하시려는지 솔직한 답변을 주십시오.

랭카스터　조건에 대해서는 이론(異論)의 여지가 없다. 모두 수용토록 하겠다. 그리고 우리 왕가의 명예를 걸고 말하겠는데, 부친의 뜻이 지금까지는 오해되어 전달되었다. 또한 측근들이 부친의 마음과 그 권위를 너무 멋대로 해석한 문제가 있었다. 대주교님, 여러 불만스러운 문제점에 대해서는 조목조목 시정토록 하겠다. 나의 영혼을 걸고 반드시 시정토록 하겠다. 이것으로 별 이의가 없으면, 병졸들을 해산해서 고향으로 돌아가도록 하시오. 우리 군도 즉시 해산하겠다. 그전에, 우리 양쪽 군대가 여기 모여서 사이좋게 건배하고 껴안기로 하자. 사랑과 우정을 되찾은 기쁨의 표시를 눈으로 확인하고, 그것을 고향에 갖고 가는 선물로 삼자.

대주교　반드시 개정하겠다는 전하의 맹세를 받아들이겠습니다.

랭카스터 서약을 했으니, 반드시 실행을 할 것이다. 우선, 대주교님, 각하의 건강을 위해 축배를 듭시다.

헤이스팅스 대장, 이 화친의 소식을 전군에 전하게. 급료를 지불하고 모두 고향으로 돌려보내라. 모두들 기뻐할 것이다. 자아, 급히 가거라. (대장 퇴장)

대주교 웨스트모어랜드 공, 당신을 위해 축배를 듭시다.

웨스트모어랜드 각하를 위해서도 건배를. 이 화친을 위해 제가 얼마나 심혈을 기울였는가를 아신다면, 각하도 기분 좋게 건배를 하실 겁니다. 물론 이후에도 더욱더 존경의 뜻을 전하겠습니다.

대주교 그 말씀 믿고 의심치 않겠습니다.

웨스트모어랜드 감사합니다. 모브레이 경, 당신의 건강을 위해 건배합시다.

모브레이 아주 행복한 순간에 나의 건강을 축복해주셨는데, 지금 갑자기 기분이 울적해졌습니다.

대주교 사람이란 나쁜 일이 일어나기 전에는 기분이 좋아지고, 좋은 일이 일어나기 전에는 기분이 무거워진다네.

웨스트모어랜드 그러니 밝은 표정을 짓는 것이 좋겠습니다. 갑자기 울적해진 것은 "내일은 신바람 나는 일이 있다"는 뜻이니깐요.

대주교 실은 나의 기분도 무척 유쾌합니다.

모브레이 그것은 나쁜 징조이군요, 당신의 말씀대로라면. (안에서 환성 소리)

랭카스터 저 환성 소리를 들으시라! 화친이 전해진 모양입니다.

모오브레이 이것이 승전의 함성이었다면 좋았을 것을.

대주교　아니다. 화친도 일종의 승리가 아닌가. 쌍방이 정정당당하게 칼을 접었지만, 어느 쪽도 패배하지 않았기 때문이다.

랭카스터　웨스트모어랜드 공, 급히 우리 군사들에게도 해산 명령을 내리시오. (웨스트모어랜드 퇴장) 대주교님, 양군 병사들이 우리 앞을 행진토록 합시다. 적대하던 병사들을 사열하고 싶습니다.

대주교　그러면, 헤이스팅스 공, 해산하기 전에 이곳을 행진토록 전해주시오. (헤이스팅스 퇴장)

랭카스터　오늘 밤은 제경(諸卿)들과 함께 숙박토록 하겠다.

　　　　　　웨스트모어랜드 다시 등장.

　　　　　　왜 우리 군사들은 해산하지 않고 있는가?

웨스트모어랜드　대장들은 전하로부터 대진 명령을 받았기 때문에, 직접 지시하기 전에는 움직이지 않겠다는 것입니다.

랭카스터　군인의 본분을 잊지 않았구나.

　　　　　　헤이스팅스 다시 등장.

헤이스팅스　대주교 각하, 우리 군은 이미 해산했습니다. 멍에를 벗어난 수송아지처럼 동서남북으로 흩어졌습니다. 그들은 방과 후의 초등학교 아동처럼 제각기 집으로, 놀이터로 서둘러 가고 있습니다.

웨스트모어랜드　좋은 소식이다. 헤이스팅스 공, 그것을 들은 이상 반역자들이여, 대역죄로 너를 체포한다. 대주교 각하, 그리고 모브레이 경, 두 사람 모두 대역죄로 포승(捕繩)을 받아라.

모브레이   이것이 공명정대한 방법인가?

웨스트모어랜드   너희들의 폭거가 공명정대한 일인가?

대주교   이렇게 해서 서약을 파기하는가?

랭카스터   서약 따위는 하지 않았다. 나는 다만 너희들의 고충을 듣고, 개정할 것은 개선한다고 말했을 뿐이다. 그 일은 명예를 걸고, 기독교도답게 기필코 이행할 것이다. 하지만 너희들 반역자들은 모반을 기도하고 실행한 이상, 그 행위에 상응하는 벌을 받아야 한다고 각오를 해야 한다. 너희들이 군사행동을 한 것은 어리석은 일이었다. 출전하자마자 어리석게도 해산한 것은 우직한 일이었다. 우리는 우렁차게 나팔 소리를 내면서 사방으로 흩어진 적들을 토벌하겠다. 오늘 무혈의 승리를 거둔 것은 오로지 신의 은총이다. 이 반역자들을 끌고 가라. 가는 곳은 단두대이다. 그곳은 반역자들의 목숨을 끊는 적절한 잠자리가 된다.

(일동 퇴장)

제3장   숲의 다른 부분

위기를 알리는 나팔 소리. 양군(兩軍)의 돌격. 폴스타프와 콜빌 등장하여 서로 만난다.

폴스타프   이름을 대라. 너의 신분은 무엇인가? 출신은 어딘가?

콜 빌   나는 훈작사 콜빌 오브 더 데일이다.

폴스타프 알겠다. 너의 이름은 콜빌, 너의 신분은 훈작사, 그리고 너의
고향은 데일이로구나. 이름은 콜빌이라도 괜찮은데, 신분은 반
역자이고 고향은 토굴 감옥이다. 그러니까 여전히 깊은 계곡의
뜻인 "데일"을 고향이라 해두자.

콜 빌 귀하는 존 폴스타프 경이 아닌가?

폴스타프 그 이름에 합당한 사나이다. 자아, 항복하겠는가, 아니면 땀
좀 빼야 하는가? 만약에 내가 땀을 흘리면, 그것은 너의 애인들
의 눈물이 된다. 그 눈물은 너의 죽음을 애도하고 있다. 그러니
공포심을 흔들어 깨워 벌벌 떨면서 나에게 자비심을 비는 편이
낫겠다.

콜 빌 (무릎을 꿇고) 당신은 틀림없이 존 폴스타프 경입니다. 그렇게 생
각하고 항복하겠습니다.

폴스타프 내 뱃속에는 수많은 혓바닥이 있다. 그 혓바닥은 제각기 내 이
름 선전하는 일을 능사로 삼고 있다. 내가 만약에 보통 크기의
배를 갖고 있다면, 나는 정말이지 유럽에서 가장 민첩한 사나이
가 되었을 것이다. 내 배가, 내 배가, 내 배가 나를 망쳤다. 아, 장
군님이 오시네.

랭카스터의 존, 웨스트모어랜드, 블런트 및 기타 등장.

랭카스터 열전의 고비도 지났다. 이젠 더 이상 추격할 필요가 없다. 웨
스트모어랜드 공, 군대를 불러들이시오.

웨스트모어랜드 공 퇴장.

여보게, 폴스타프. 지금까지 어디를 헤매고 있었는가? 일이 끝났으니 이제야 얼굴을 내미는가? 그런 게으름을 끝내지 않으면, 어느 때고 너는 교수형 받을 것이다. 교수대 받침대가 너 때문에 부러질지 모르지만.

폴스타프   그런 꾸지람은 저에게 보약이 됩니다. 용기의 보답은 비난과 질책이라고 알고 있습니다만, 전하는 저를 제비나 화살이나 또는 탄환쯤으로 생각하고 계십니까? 이 늙은 몸집을 마음 내키는 대로 빨리 움직일 수 있겠습니까? 저는 있는 힘을 다해 여기까지 죽으라고 달려왔습니다. 백팔십 두의 말을 갈아타고, 온몸이 흙투성이가 되어 순수하고 청결한 용맹심을 발휘해 적군의 용사, 데일의 존 콜빌 경을 생포해왔습니다. 하지만 그런 얘기는 자랑도 안 됩니다. 그는 나를 보자마자 항복했습니다. 제가 말할 수 있는 것은 결국 로마의 매부리코 사나이 시저가 이미 한 말입니다. "왔노라, 보았노라, 이겼노라" 이것입니다.

랭카스터   그것은 너의 공로라기보다는 그의 기사도 때문이지.

폴스타프   그건 모르겠습니다. 여하튼 그 사람이 여기 있으니 인도합니다. 그건 그렇고, 오늘의 논공 업적에는 저의 공훈도 기록해주시기 바랍니다.

랭카스터   잘 가게, 폴스타프. 내 신분이 허락하는 한 너의 공훈에 관해서는 실제 이상으로 잘 보고하겠다. (폴스타프를 남겨두고 모두 퇴장)

폴스타프   저 사람이 그만한 지혜가 있으면 야, 공작령 이상의 재산을 가진 셈이게? 사실 저 건실한 젊은이는 나를 싫어하는 것 같아. 도대체 웃는 것을 본 적이 없어. 하지만 그건 대수롭지 않아. 문제는 술을 못 마신다는 거야. 저런 점잔 빼는 놈들 가운데서 쓸 만한 인재를 본 적이 없지. 싱거운 음료수나 축내고 있으니 피가 냉해지기 때문일 거다. 생선만 먹어대니 남성 히스테리에 빠져들지. 그래서 결혼하면 계집애만 줄줄이 낳는 거라나. 그런 놈들은 대부분 멍청이거나 겁쟁이들이야. 우리도 술기운으로 확 달아오르지 않으면 저런 애가 되고 말 걸. 좋은 셰리술은 이중의 효과가 있단 말씀이야. 첫 번째로, 머리에 치밀어 오르지. 그러면 머릿속에서 흐물흐물 괴어 있는 텁텁한 독기를 증발시키고, 머리를 홀가분하게 만들어준단 말이야. 그렇게 되면 머리는 쌩쌩 돌아가는 거야. 창조력이 생기지. 이 힘이 목소리가 되어 혀로 옮겨지면 기상천외의 기지가 발휘되는 거야. 셰리술의 두 번째 효능은 피를 따뜻하게 하는 일이네. 전에는 냉냉하게 고여 있던 피가 간장을 창백하게 만들어 이 때문에 사람이 무기력해진다는 얘기야. 그런데 셰리주 한 잔 걸치면, 순식간에 온몸의 오장육부가 벌겋게 달아올라 구석구석에 술기운이 돌고 얼굴빛을 환하게 만들어주는 거란다. 얼굴은 몸의 불꽃이야. 신체라고 하는 소왕국에 즉시 무장 경보를 내리지. 그러면 활기찬 평민들과 몸체 안에 있는 국민인 전신의 정기(精氣)들이 그들의 사령관인 심장에 집결하는 거야. 수행원들에 둘러싸여 의기양양해진 사령관은 마음이 부풀어 무슨 일이나 용감하게 해낸다네. 이런 용기가 바로 셰리술에서 오는 거다. 따라서 무술도 그것을 작동시키는 술이 없으면 무용지물이란다. 학문도 마찬가지. 술이 거나해져서 발동이 걸려야지 순조롭게 활용되는 것. 그렇지 않으면 악마가 숨겨놓은 황금 더미와 같은 거다. 헨리 왕자가 용감한 것도 술 때문이다. 본성은 원래 아비를 닮아서 냉혈한이었지. 메마르고, 헐벗고, 쓸모없는 돌짝밭에 특급주 영양 많은 셰리술을 열심히 퍼부으면서 땅을 갈고 비료를 주는 노력 끝에 지금은 뜨거운 열혈한(熱血漢)이 되었어. 내게 자식들이 천 명 있다고 한다면, 내가 가르치고 싶은 첫 번째 가훈은 싱거운 술을 멀리하고, 독주를 퍼마시라는 것이다.

　　바돌프 등장.

어떻게 됐나, 바돌프?

바돌프　군대는 해산하고 흩어졌어요.

폴스타프　가도록 내버려둬라. 나는 글로스터셔를 돌아서 가련다. 그곳의 양반 로버트 섈로 집에 들를 작정이다. 그놈 호주머니를 이 손으로 실컷 주물러놓았으니, 이번에 가기만 하면 그놈의 돈은 내 것이 되겠지. 자, 가자. (두 사람 퇴장)

제4장　웨스트민스터, 예루살렘 방

　　왕 헨리, 왕자 클래런스 공 토머스, 글로스터 공 험프리, 워릭 및 기타 등장.

왕　그런데 제경들, 만약에 우리들 집 앞에서 선혈을 흘리고 있는 이 내란이 하느님의 보호로 무사히 수습될 수만 있다면, 그때에는 젊은이들을 인솔해서 성지 원정의 길에 나설 생각이며, 나는 앞으로 신의 이름으로 된 전쟁 이외에는 두 번 다시 칼을 빼지 않을 생각으로 있소. 이미 함정은 출항 준비를 끝내고, 병력은 집결하고, 부재자는 대행자에게 일을 위임하고 있소. 여기까지는 만사 내 뜻대로 진행되었소. 다만 내 건강이 시원스레 회복되지 않고 있기 때문에, 아직까지 준동(蠢動)하는 반도(叛徒)들이 완전히 복종할 때까지는 행동을 주저하고 있을 따름이오.

워 릭 건강 회복도, 반란 진압도 폐하의 소원대로 되는 날이 눈앞에 다가왔습니다.

왕 글로스터 공 험프리, 너의 형 태자 해리는 지금 어디 있느냐?

글로스터 윈저에 사냥하러 간 듯합니다.

왕 누가 동행하고 있는가?

글로스터 그건 알 수 없습니다.

왕 동생 클래런스 공 토머스는 함께 가지 않았는가?

글로스터 아닙니다. 클래런스 공은 여기 있습니다.

클래런스 부왕 폐하, 소자에게 무슨 일이십니까?

왕 아니다. 토머스, 그냥 건강하게 있으면 족하다. 그런데 너는 어째서 형과 함께 있지 않는가? 형은 너를 사랑하고 있는데, 토머스, 너는 형을 등한시하는 듯하다. 해리는 동생 가운데 너를 가장 아끼고 있다. 이 일을 잘 생각해두라. 내가 없으면 국왕인 그와 다른 형제들 사이에서 중요한 역할을 하는 것은 그다음 동생인 너의 몫이 된다. 그러니 무관심하지 마라. 냉담한 태도를 보이거나, 그의 의사를 무시하거나, 그의 사랑을 무뚝뚝하게 받아들이기 때문에 너에 대한 호의가 식으면 안 된다. 그는 이쪽에서 잘해주면 마음이 부드러운 사람이다. 가련한 것을 보면 눈물도 흘리고, 자비심은 태양처럼 관대해서 아낌없이 손을 벌리고 내놓는다. 다만 한 번 화가 나면, 부싯돌처럼 불꽃을 튀기고, 겨울 하늘처럼 변덕이 심하고, 새벽에 부는 싸늘한 바람처럼 격렬해진다. 그러기 때문에 그의 기질은 충분히 주의하고 조심해야 한다. 그의 잘못을 나무랄 때는 명랑하고 즐거운 시간을 택해 정중하게 말해야 한다. 그러나 기분이 언짢을 때는 잠시 멋대로 놔둔 다음, 육지에 올라온 고래가 발버둥치며 지쳐버리는 시간이 있듯이, 그의 격정이 자연스럽게 진정되는 것을 기다려야 한다. 이것을 잊지 마라, 토머스, 그렇게 하면 너는 친구들을 지키는 방벽이 되며, 가족들을 감싸고 결합시키는 황금의 테가 될 것이다. 이토록 한 집안의 피를 모으는 그릇은, 비록 반란의 독을 쏟아붓는 사람이 있어도 — 반드시 그런 일을 하는 사람이 나타나는 법인데 — 그런 독약을 주입할 틈을 주지 않는 법이며, 화약을 써도 그 그릇은 금이 가고 피를 쏟는 일이 없을 것이다.

클래런스 알겠습니다. 앞으로는 형님을 사랑하고, 소중히 여기겠습니다.

왕 토머스, 윈저에 함께 갔으면 좋을 뻔했다.

클래런스 윈저가 아닙니다. 형님은 런던에서 식사를 하신답니다.

왕 누구와 식사를 한다고 하느냐, 알고 있는가?

클래런스 포인즈라든가, 늘 어울리는 패거리들입니다.

왕　비옥한 땅일수록 잡초가 무성하다. 해리는 나의 젊은 모습 그대로인데, 그의 훌륭한 모습도 잡초에 덮여서 자취를 감췄다. 나의 슬픔은 죽은 후에도 이 세상에 남아서 계속될 것이다. 나의 심장은 피의 눈물을 흘리지 않을 수 없다. 이윽고 내가 조상들과 함께 지하에서 잠드는 날이 올 때, 너희들은 너무도 무질서한 세계와 썩어빠진 시대를 보게 되겠지, 그 일은 눈앞에 선하게 보인다. 왜냐하면 그의 방탕한 행동을 누를 수 있는 장치가 없고, 격정과 뜨거운 피가 그의 상담역이 되고 있는 실정에서, 그가 마음껏 쓸 수 있는 돈과 헝클어진 마음이 함께 손을 잡기만 하면, 아아, 그렇게 되면 그의 욕망은 한없는 날개를 펴고, 길을 막는 어떤 위험이나 타락의 구렁텅이에도 뛰어들 것이기 때문이다!

워릭　폐하, 그런 생각은 잘못되었습니다. 전하께서는 지금 친구에 관해서 공부를 하고 있습니다. 이 일에 숙달되려면 외국어 공부를 할 때와 마찬가지로 천한 말도 듣고 보고 배워둘 필요가 있습니다. 그러나 한번 배우고 난 후, 그 말이 천박한 말인 것을 알게 되면 멀리한다는 사실을 폐하께서는 알고 계십니다. 전하께서도 때가 되면 천한 말을 버리듯이, 주변의 천박한 친구들을 멀리하게 될 것입니다. 그리하여 그 기억이 앞으로는 사람을 판단하는 기준이나 척도가 되어 전하에게 큰 도움이 될 것입니다. 그야말로 전화위복입니다.

왕　그러나 썩은 고기에 집을 만든 벌은 좀처럼 그곳을 떠나지 못한단다.

웨스트모어랜드 등장.

누구냐? 웨스트모어랜드가 아닌가!

웨스트모어랜드 폐하의 건강을 축원하면서 동시에 새로운 낭보를 보고
할 수 있게 된 것을 마음속으로 기쁘게 생각합니다! 존 왕자께서
는 폐하의 손에 삼가 입을 맞추고 인사를 드립니다. 모브레이,
대주교 스크루프, 헤이스팅스, 그리고 여타 인간들이 폐하의 이
름으로 처형되었습니다. 지금 이 순간부터는 반역자의 칼은 모
조리 모습을 감추고, 평화의 신은 곳곳에 올리브의 가지를 펼치
고 있습니다. 어떻게 해서 이 같은 승리를 쟁취했는지 그 내력에
대해서는 이 서신에 자세히 적어놓았으니 폐하께서는 천천히
읽어주시기 바랍니다.

왕 아아, 웨스트모어랜드, 그대는 여름의 새로다. 어두운 겨울이 끝
날 무렵 일찍 날아와서 밝은 아침이 튼 것을 알리는 한 마리 새
로다.

하코트 등장

또 다른 소식이 왔구나.

하코트 신이여, 온갖 적으로부터 폐하를 지켜주소서. 그리고 앞으로 폐
하에게 칼을 드는 자가 나타나면, 지금 보고드리는 반역자들처
럼 즉시 멸망하소서! 노섬벌랜드 백작, 그리고 바돌프 경 두 사
람은 영국과 스코틀랜드 연합군을 이끌고 왔습니다만 요크셔의
주장관에 의해 격파되었습니다. 그 전투의 경과에 대해서는 자
세하게 이 서면에 적어두었습니다.

왕　반가운 소식이 답지하고 있는데 내 마음이 괴로운 것은 웬일인가? 행운의 여신은 양손에 가득히 선물을 들고 오지 않는 모양인가. 반가운 소식을 전하는 것도 반드시 추악한 글씨로 써야 하는가? 여신은 식욕을 일으키지만 음식물을 주지 않는다. 이것이 건강하지만 가난한 사람의 운명이다. 그런가 하면 한편으로는 음식물을 대접해놓고 식욕을 뺏어간다. 이것이 부자의 운명이다. 넘치는 재화를 소유하면서도 그것을 즐기지 못한다. 나는 지금 이처럼 반가운 소식을 접하면서도 즐겁기는커녕 눈이 어두워지고, 머리가 어지럽기만 하다. 아, 내 곁으로 누가 오너라! 나는 지금 몹시 아프다.

글로스터　폐하, 정신 차리세요!

클래런스　괜찮으십니까, 폐하!

웨스트모어랜드　폐하, 힘내세요, 정신 차리세요.

워 릭　왕자님들, 침착하세요. 폐하께서는 요즘에 이런 발작을 자주 하십니다. 조금 떨어져서, 시원하게 바람을 쐬도록 해주세요. 곧 회복하실 것입니다.

클래런스　아닙니다. 이런 고통을 오래 견디지는 못하십니다. 끊임없는 근심 걱정이 생명을 에워싸는 육체의 벽을 파손했기 때문에 생명이 투명한 벽을 뚫고 밖으로 튀어나오려고 합니다.

글로스터　나는 국민들이 수군거리는 소문이 걱정입니다. 그 소문에 의하면, 최근에 아버지 없는 아이와 기형아들이 숱하게 탄생한다는 것입니다. 게다가 일기도 불순해서 한 계절이 몇 달씩이나 잠들고 있다가, 갑자기 껑충 뛰어 앞으로 달려간다는 것입니다.

클래런스 이상하게도 템스강이 세 번씩이나 범람해서 그동안 물이 빠져 나가지 않았다는 것입니다. 색 바랜 연대기라 할 수 있는 늙은이들 얘기에 의하면, 이와 똑같은 일이 증조부 에드워드 3세가 병사하기 직전에 일어났었다는 것입니다.

워 릭 제발 작은 소리로 말하세요. 폐하가 듣겠습니다.

글로스터 이번의 졸도로 돌아가실 것만 같아요.

왕 부탁이다. 나를 일으켜다오. 나를 다른 방으로 조용히 데려가다오. (일동 퇴장)

제5장 다른 방

왕은 병상에 누워 있다. 클래런스, 글로스터, 기타 사람들 다시 등장.

왕 제발 조용히 해다오. 조용히. 다만 이 피곤한 마음에 부드럽게 속삭이며 잠으로 인도하는 음악만은 좋다. 워릭. 악사들을 불러서 옆방에서 연주하도록 하라.

왕 이 머리맡에 왕관을 놓아라.

클래런스 눈빛이 흐려진다. 안색이 변하고 있다.

워 릭 조용히, 조용히!

왕자 헨리 등장.

왕 자 클래런스는 어디 있는가?

클래런스 여기 있습니다. 형님, 슬픔에 가슴이 내려앉습니다.

왕 자 어떻게 된 영문인가. 바깥은 갠 날인데, 집안은 소낙비로구나!
부왕께서는 어떠신가?

글로스터 이미 중태이십니다.

왕 자 승전의 소식은 들으셨는가? 폐하께 말하라.

글로스터 소식을 듣는 순간 건강이 악화되었습니다.

왕 자 기쁨에 넘쳐 실신하셨다면, 약 없이도 회복되겠구나.

워 릭 조용히 하십시오. 전하께서도 목소리를 낮추세요. 부왕께서는
잠에 드시려고 합니다.

클래런스 그러면 우리들도 일단 별실로 물러가기로 하자.

워 릭 전하께서도 함께 가시죠.

왕 자 아니다. 나는 계속 부왕 곁에 있겠다. (왕과 왕자를 남기고 일동 퇴장)
어째서 왕관을 머리맡에 놔두고 계실까? 잠자리 벗으로는 아주
귀찮은 존재인데. 아, 번쩍거리는 불안의 원천이여! 황금의 걱정
거리! 너는 수면의 대문을 활짝 열고, 얼마나 많은 불면의 밤을
맞이하였는가! 그 왕관을 껴안고 잠을 자다니! 하지만 그 잠은
조잡한 잠자리 모자를 쓰고 코를 골며 하룻밤을 지나는 사람들
의 잠에 비하면 턱없이 편하지도 않고, 깊은 수면이 되지도 못할
것이다. 아아, 옥좌여! 너는 그곳에 앉는 자를 괴롭히며, 한여름
날 중장비를 걸친 병사처럼 신변의 안전만은 보장하지만 몸을
태우는 고통을 벗어날 수 없게 만들고 있다. 입 언저리에 깃털이
붙어 있네. 숨결이 없으니 움직이지 않구나. 숨이 있다면 저 가

벼운 깃털이 움직이겠지. 폐하여! 부왕이시여! 기나긴 잠에 드셨는가. 이 같은 잠이 옛날부터 지금까지 얼마나 많은 영국 왕의 머리로부터 황금의 관을 탈취해 갔는가. 제가 부왕께 바칠 수 있는 것은 피를 이어받은 아들의 눈물과 깊은 슬픔뿐입니다. 부왕이시여, 가족의 정과 사랑과 진심으로 그것을 아낌없이 바칩니다. 제가 당신으로부터 받는 것은 이 왕관입니다. 그것을 왕이신 당신의 핏줄로서 제가 이어받습니다. (왕관을 머리에 얹고) 보세요, 제 머리 위에 자리한 이 왕관을. 이 왕관을 신은 지켜주실 겁니다. 비록 온 세상의 힘이 거대한 하나의 완력이 된다 하더라도 저로부터 이 정당한 혈통의 영예를 강탈할 수는 없을 것입니다. 저는 이것을 저의 자손에게 전하겠습니다. 부왕이 저에게 주신 것처럼. (퇴장)

왕   워릭! 글로스터! 클래런스!

워릭, 글로스터, 클래런스, 기타 사람들 다시 등장.

클래런스   부르셨습니까?

워 릭   무슨 일이십니까, 폐하? 어떠십니까?

왕   어째서 나를 혼자 두고 가버렸는가?

클래런스   형님을 곁에 두고 갔습니다. 부왕 곁에 앉아서 간호하셨기 때문입니다.

왕   태자 해리가? 어디 있는가? 얼굴을 보고 싶다. 여기에는 없구나.

워 릭   문이 열려 있습니다. 이 문으로 나가셨습니다.

글로스터   우리들이 머물고 있던 방은 통과하지 않으셨어.

왕   왕관은 어디 있는가? 누가 왕관을 내 머리맡에서 갖고 갔는가?

워 릭   저희들이 물러날 때 왕관이 있었습니다.

왕   해리가 갖고 갔구나. 왕자를 찾아오라. 너무나 성급했구나. 내가
잠든 것을 보고 죽었다고 생각했는가. 워릭, 그 녀석을 찾아라.
꾸짖고 데려오라. (워릭 퇴장) 그의 이런 행적이 나의 병을 악화시
킨다. 그리고 나를 죽게 만들 것이다. 알겠는가, 아들이란 애물
단지로다. 황금이 목적이 되면, 부자지간도 순식간에 골육상쟁
의 아귀다툼이 된다! 이런 일 때문에 어리석게도 아이를 감싸던
아비들은 근심 걱정으로 잠을 잃고, 마음고생으로 머리가 깨지
고, 노동으로 뼈를 깎는 아픔을 삼킨다. 결국은 이런 일을 당하
려고 그들은 부정한 수단을 써가면서 더러운 돈을 모아 쌓아두
었단 말인가? 이런 일을 당하려고 그들은 애들에게 문무(文武)
양쪽의 갖가지 기예를 습득시키느라 고생하였는가. 마치 꿀벌
이 꽃과 꽃으로 날아다니면서 달콤한 꿀을 모으고, 다리에 밀랍
을 붙이고, 입에는 꿀을 품고 벌통에 오지만 수고한 보람도 없이
살해당하는 처참한 꼴이로구나. 그토록 애써 모은 재산이 죽어
가는 아비에게 쓴맛을 남기는구나.

　　워릭 다시 등장.

어디에 갔는가? 해리는? 그의 편을 드는 병마가 내 목숨을 탈취
하는 시간도 못 참는가?

워 릭   폐하, 전하께서는 옆방에 계셨습니다. 뺨에 흐르는 뜨거운 눈물
을 닦고 계셨습니다. 깊은 슬픔에 잠긴 왕자를 보면, 사람의 생

피만을 마시는 폭군도 흘러 넘치는 눈물로 더러운 칼날을 깨끗하게 씻었을 것입니다. 전하는 곧 오십니다.

왕 그런데 왕관을 갖고 간 이유는 무엇인가?

　　왕자 헨리 다시 등장.

아아, 왔구나. 이 곳에 오너라. 해리. 나머지 사람들은 물러가라. 우리 둘만 남아서 얘기를 나누겠다.

　　워릭과 기타 사람들 퇴장.

왕 자 두 번 다시 말씀을 들을 줄 몰랐습니다.

왕 그랬으면 좋겠다는 생각이 있기 때문이다. 내가 이 세상에 너무 오래 있었기 때문에 넌덜머리가 났을 것이다. 옥좌가 비는 것을 참지 못하고, 때가 여물기 전에, 내 명예를 빼앗아 그것을 몸에 걸치려고 했으니! 어리석은 젊은이로다! 왕관은 너를 짓누르는 무거운 짐이 될 것이다. 잠시 동안이다. 조금만 더 기다려라. 나의 왕권은 지금 숨을 몰아쉬며 미풍에도 흐트러질 듯이 간신히 모양을 유지하고 있는 비구름이다. 구름은 비가 되어 흘러내린다. 내 인생은 끝나고 있다. 네가 훔쳐간 왕관은 두세 시간만 지나면 아무 탈 없이 네 것이 될 텐데, 임종에 이르러 너는 내가 생각한 대로의 인간임이 입증되었다. 네가 사는 방식으로 보아 너는 나를 사랑하지 않는다고 알고 있었다. 지금 너는 그것을 확인시키면서 나를 보내고 있다. 네 가슴은 수많은 비수를 품고 있다. 그것을 너는 돌 심장으로 갈고 갈아서 이제 반 시간이면 죽을 운명인 내 목숨을 난도질하려는가. 예끼 이놈! 겨우 반 시간도 못 참아주느냐? 그렇다면 빨리 가서 네 손으로 나의 무덤을 파라. 그리고 나의 죽음이 아니라, 네가 왕위에 올랐다는 것을 알리기 위해 즐겁게 종을 치고 울려라. 내 관에 흐르는 눈물은 모조리 향유로 변해 너의 머리 위에 뿌려서 대관식을 완성하고, 나는 잊혀진 망자의 흙 속에 버려두어라. 너에게 생명을 주었던 이 몸은 벌레가 파먹도록 내버려두라. 내가 임명한 공무원들을 모두 파직하고, 내가 공포한 법령은 모조리 폐기하라. 질서를 우습게 아는 시대가 왔기 때문이다. 헨리 5세가 즉위하신다! 번영하라, 허영이여! 타도하라, 군주의 권위여! 왕을 보좌하는 궁신들이여, 물러가라! 영국의 궁전에는 각지에서 올라온 무능한 잡놈들만 모여라! 이웃 나라들이여, 너희들 나라의 인간 쓰레기를 청소해서 이곳에 보내라! 욕설을 하고, 술을 퍼마시고, 춤을 추고, 밤새우며 떠들고, 강도질과 학살을 하며, 구식의 범죄를 새로운 방식으로 해내는 악당들이 있으면, 기뻐하라. 그들은 이미 너희들을 괴롭히지 않을 테니, 기뻐하라. 영국은 그들의 죄를 미화해서 그들에게 관직과 명예와 권력을 주려고 한다. 헨리 5세는 지금까지 쇠사슬에 매어 있던 방종이라는 미친 개를 풀어주고, 온갖 장소에서 순진한 사람들을 물어뜯게 내버려두려고 한다. 아아, 계속되는 내란으로 병들고 쇠약해진 가련한 왕국이여! 나의 노력에도 불구하고 너의 혼란을 수습하지 못했는데, 혼란 그 자체인 그가 이 나라를 통치하게 되면, 너는 어떻게 될 것인가? 아, 다시 황야로 돌아갈 수밖에 없구나. 원시의 주민인 늑대가 와글거리던 그 황야로!

왕 자 (무릎을 꿇고) 아아, 용서하십시오, 부왕이시여! 이 눈물이, 넘쳐흐르는 이 눈물이 제 말을 막고 있기 때문에, 부왕의 비통하고 엄하신 질책을 길게 듣기 전에 미리 막을 수 없게 되었습니다. 왕관은 여기 있습니다. 영원히 왕관을 쓰시는 신이여, 이것을 오랫동안 부왕 곁에 간직하도록 해주세요! 제가 이것을 귀중하게 생각하는 것은 부왕의 명예와 명성의 표시가 되기 때문입니다. 그 이외의 야심은 없습니다. 그렇지 않으면 저는 두 번 다시 무릎을 꿇고 일어서지 않게 될 것입니다. 이토록 겸손한 저의 자세는 제 진심이 외형(外形)의 자세를 취하도록 명하였기 때문입니다. 하느님을 증인으로 삼고 말씀드리겠습니다. 제가 조금 전에 이 방에 와서 부왕의 숨이 끊어진 것을 알고, 저의 심장은 얼어버린 듯했습니다! 만약에 제 말이 거짓이라면, 저는 차라리 현재의 방탕한 생활을 하면서 죽는 편이 낫겠습니다. 제가 스스로 변하고자 하는 결심을 세상이 냉담한 눈으로 본다면 저는 이 세상을 더 오래 살아갈 생각이 없습니다! 부왕을 만나러 왔을 때, 목숨이 다하셨구나 생각하고는 저도 숨이 끊어지는 아픔으로 왕관에 대해서 마치 살아 있는 사람에게 말하듯이 비난을 퍼부었습니다. "너 때문에 생긴 심뇌(心惱) 때문에 부왕은 몸을 망쳐 생명을 단축하게 되었다. 때문에 너는 최고의 황금이면서, 동시에 최악의 황금이 된다. 너보다 순도가 낮은 황금도 먹는 약으로 목숨을 건지는 일에 사용되는 것은 값진 일이다. 그런데 순도가 높기 때문에 존중되는 너는 주인의 목숨을 빼앗고 마는구나." 이렇게 저주를 퍼부으면서, 부왕이시여, 저는 이 왕관을 머리 위에 얹어

보았습니다. 말하자면 목전에서 부왕을 죽인 원수에게 그 아들이 도전하는 심경으로 말입니다. 그 순간, 만약에 저의 피가 기쁨에 들끓고 있었다면, 제 가슴이 자만심으로 부풀어 올랐다면, 아니면 저의 반항심이나 허영심이 반가워하면서 왕관이 베푸는 권위와 권력을 즐겁게 맞이하고 있었다면, 신이여, 제 머리 위에서 영원히 이 왕관을 멀리하소서. 그리고 존경심과 공포심에 떨면서 엎드려 있는 저의 몸을 가장 비천한 신하처럼 무릎을 꿇게 해주소서!

왕　아아, 내 아들아, 네가 이 왕관을 갖고 간 것도 하느님의 뜻이다. 그토록 현명하게 변명하면서 아버지의 사랑을 더 받도록 하기 위해서로구나! 이리 오너라, 해리, 내 침상 곁에 와서 앉아라. 잘 듣거라. 이것이 아마도 나의 마지막 훈계가 될 것이다. 하느님은 알고 있지만, 내가 이 왕관을 얻은 경위는 순리에 어긋나는 부정한 경로를 밟았다. 그리고 나 자신이 잘 알고 있지만 이 왕관을 머리에 얹고 있을 동안은 인생이 무사태평하지 않았다. 너에게는 이 왕관이 평화롭게, 민심을 얻으면서 정당하게 양도되도록 하겠다. 이것을 얻었을 당시의 오점은 나와 함께 땅속으로 묻힐 것이다. 나는 이 영예를 폭력으로 쟁취한 것으로밖에 생각되지 않는다. 사실상 이것은 숱한 사람들이 협력했기 때문에 얻은 것이라고 공공연히 비난하는 사람도 적지 않았다. 그런 주장은 날이 갈수록 증폭되어, 항쟁이 되고 유혈사태로 진전되어 평화로워야 하는 이 세상을 흔들어놓았다. 이 대담한 반도들을 너도 알다시피 나는 목숨을 걸고 모조리 멸망시켰다. 나의 치세는 이 한 가지 주제를 연기하는 드라마였다. 그러나 지금 내가 죽으면 주변 상황은 돌변한다. 내가 무리를 해서 얻은 것도, 너에게는 정정당당하게 양도된다. 말하자면 너는 정당한 계승자로서 이 왕관을 머리에 얹게 된다. 하지만 너는 나보다 더 견고한 입장에 있다 하지만, 안심해서는 안 된다. 상처는 아직도 생생히 남아 있기 때문이다. 너는 내 편인 사람들을 너의 친구로 받아들여야 한다. 그러나 그들은 이제 방금 독침이나 이빨을 뽑은 사람들이다. 그들의 혹독한 노력 때문에 나는 왕위에 앉았지만, 동시에 이들의 힘에 의해 다시 폐위되는 두려움도 있었다. 그것을 피하기 위해서 나는 그중 얼마간을 죽였다. 또한 그들 중 많은 부하를 이끌고 성지 원정 십자군에 참가하는 계획도 세웠다. 무사안일의 세월 속에 그들을 내버려두면, 그들의 눈은 나의 왕위를 노리는 위험에 빠지기 때문이다. 그러니 해리, 변덕이 죽 끓듯이 하는 놈은 해외 원정을 시켜 마음의 여유를 주지 말라. 이국 땅에서 전쟁에 몰두하게 되면, 과거의 원망스러운 추억은 기억에서 사라지게 된다. 아직도 할 말이 많지만, 숨이 차서 더 이상 말할 기력이 없구나. 아아, 신이여, 이 왕관을 쟁취한 경과에 대해서는 용서하소서! 이 왕관을 계승하는 너의 세상이 태평성대(太平聖代)가 되게 하소서!

왕 자 부왕이시여, 이 왕관은 부왕이 쟁취하고, 머리에 얹으시고, 지키면서, 저에게 양도한 것입니다. 그렇다면 이 왕관은 정당하게도 저의 소유가 됩니다. 저는 이것을 지키며 보존하는 데 혼신의 노력을 기울일 것입니다. 비록 전 세계를 상대로 싸운다 해도 말입니다.

랭카스터의 존, 워릭과 기타 사람들 등장.

왕 보아라, 여기 랭카스터의 존이 왔구나.

랭카스터 부왕에게 건강과 평황과 행복이 넘치기를 기원합니다!

왕 내 아들, 존, 네가 행복과 평화를 갖다주었다. 하지만 건강은 슬프게도 젊은 날개를 펴고 이 노쇠한 몸으로부터 사라져 갔다. 너의 얼굴을 봤으니, 나의 이 세상일은 끝났다. 워릭은 어디 있는가?

왕 자 워릭 백작, 부르십니다!

워릭과 기타 사람들 다시 등장.

왕 내가 기절했던 그 방에는 특별한 이름이 있는가?

워 릭 폐하, 예루살렘이라는 이름이 붙어 있습니다.

왕 하느님을 찬양하자! 그 방을 나의 임종의 자리로 삼자. 나는 일찍부터 죽을 때는 예루살렘이라 생각했다. 나는 그곳이 어리석게도 성지(聖地)인 줄만 알았다. 그 방으로 데려가다오. 그곳에서 잠들고 싶다. 해리가 죽는 곳도 그 예루살렘이다. (일동 퇴장)

제5막

제1장 글로스터셔, 섈로의 집

섈로, 폴스타프, 바돌프, 그리고 시종 등장.

섈 로 안 됩니다. 오늘 밤에는 출발할 수 없습니다. 여봐, 데비는 없는 가!

폴스타프 제발 용서하시오, 로버트 섈로씨.

섈 로 나는 용서할 수 없습니다. 당신을 용서할 수 없습니다. 절대로 용서할 수 없습니다. 용서란 있을 수 없습니다. 당신을 용서할 수 없습니다. 여봐, 데비!

데비 등장.

데 비 무슨 일이십니까?

섈 로 데비, 데비, 데비, 데비; 어디 보자, 데비; 어디 보자, 데비; 어디 보자 — 아, 알겠다, 요리사 윌리엄이다. 가서 오라고 해. 존 경, 당신을 용서할 수 없습니다.

데 비 실은 말씀입니다, 어르신네, 저어 이 영장 말씀인데요, 이것은 집행될 수 없습니다. 그리고 또 한 가지, 어르신네, 둔덕에는 밀을 심어야죠?

샬 로 그래, 붉은 밀을 심어라. 데비, 요리사 윌리엄은 어떻게 됐나? 새끼 비둘기는 없는가?

데 비 있습니다요, 대장장이의 청구서가 왔습니다. 편자와 댕기 대금이죠.

샬 로 계산해주어라. 존 경, 용서할 수 없습니다.

데 비 그런데 말씀이에요, 두레박의 고리가 한 개 필요합니다. 그리고 어르신네, 윌리엄의 봉급은 정말로 지불 중지입니까? 전날 힌클리 시장에서 그 사람이 잃어버린 술값 대금 때문이죠?

샬 로 그놈이 변상해야 돼. 데비, 비둘기 몇 마리와 식용 암탉 두 마리, 양고기 큰 살점 한 덩어리, 그리고 맛있는 후식 약간을 준비하라고 요리사 윌리엄에게 일러둬.

데 비 저 군인 양반은 오늘 밤 주무시고 갑니까?

샬 로 그렇다, 데비. 잘 대접해야 돼. "주머니 속의 쌈짓돈보다 왕실의 친구"가 낫다. 부하들도 잘 대접해야 돼. 데비. 소문난 악당 패거리들이야. 등뒤에서 씹는 놈들이지.

데 비 그 사람들 벼룩에 물린 만큼은 심하지 않을 겁니다. 놈들 속옷이 더럽게 구멍이 난걸요.

샬 로 말 잘한다. 데비. 자 빨리 서둘러라. 데비.

데 비 어르신네, 한 말씀 드리겠습니다. 힐에 사는 클레멘트 퍼크스에 고소당한 원코트에 사는 윌리엄 비저에 대해서 잘 부탁드립니다.

샬 로 하지만 비저를 고소한 사람들이 많아, 데비. 그 비저란 놈, 내가 알기로는 천하에 고약한 악당이라면서.

데 비 　그놈이 악당인 것은 판사님 앞에서 제가 시인합니다. 하지만 어르신네, 아무리 악당이라도 친구가 부탁하면 특별한 배려를 해주어야 마땅하죠. 선한 사람은 선하기 때문에 자신을 변호할 수 있지만, 악당은 그렇게 할 수가 없어요. 저는 지난 팔 년 동안 어르신네를 충실하게 모셨습니다만 적어도 삼 개월에 한두 번 선인과 법정에서 싸우는 악인을 도와주지 않는다면 판사 어른을 모시는 체면이 서지 않습니다. 그 악당은 저의 친구입니다. 판사님, 어르신네여, 부탁입니다. 살려주세요.

샐 로 　좋다. 잘 봐주겠다. 식사 준비를 철저히 하라, 데비. (데비 퇴장) 존경은 어디 가셨나? 자, 자, 자, 신발을 벗으시고, 바돌프 님, 손을 이리 주세요.

바돌프 　만나뵈니 반갑습니다.

샐 로 　감사합니다, 친절하신 바돌프 님. (시종에게) 잘 오셨습니다. 용감한 존 경, 이쪽으로 오십시오.

폴스타프 　곧 따라가겠습니다. 로버트 샐로 씨. (샐로 퇴장) 바돌프, 말을 보살펴라. (시종 퇴장) 내 몸이 쪼개지면, 샐로 닮은 수염 난 도사의 지팡이가 네 다스나 생길 거다. 그런데 깜짝 놀랄 일은 저놈과 하인들의 마음이 어쩌면 그토록 꼭 닮았느냐는 것이다. 하인들은 저놈을 본뜨다 보니 얼빠진 판사처럼 행동하게 되고, 저놈은 하인들과 어울리다 보니 판사 껍질을 뒤집어쓴 하인처럼 되는구나. 닮은 부부 꼴이라더니 저것들이 닮은 주종 관계로구나. 놈들은 어울려 살기 때문에 기질이 찰떡궁합으로 결합되어 어리석은 기러기 떼와 같이 사이좋게 몰려다니는구나. 샐로 판사에게 부탁할 일이 있으면 우선 하인 놈들 비위를 맞춰야겠네. 너희들만큼 주인 양반의 신용을 얻고 있는 사람들은 없다고 아첨 떨면서 말이야. 하인 놈들에게 부탁할 일이 있으면, 샐로 판사를 부추기면 되지. 당신만큼 하인들을 잘 주무르는 주인은 본 적이 없다고 방정을 떨면서 말이야. 영리한 태도나 어리석은 행동은 전염병처럼 서로가 서로에게 옮겨 다니지. 그러니 인간은 친구 잘 골라야 해. 그렇다. 저 샐로 놈을 쑤셔서 해리 왕자에게 들려줄 웃기는 얘기를 만들어보자. 해리 녀석은 유행이 여섯 번 바뀔 동안, 말하자면 법정이 네 번 열리는 동안, 소송이 두 개나 처리되는 동안, 그렇게 긴 시간을 웃음이 멈추지 않아 혼쭐이 날 것이다. 그래, 약간 맹세를 해가면서 거짓말하고, 진지한 얼굴로 농담을 하면 상대는 어깨 쑤시는 줄도 모르고 허둥대는 애숭이들이니 얼씨구 좋다 하겠지! 아, 해리 녀석, 막판에는 마구 처박아 둔 젖은 외투처럼 얼굴이 주름투성이가 되어 웃어댈 것이다!

샐 로 (안에서) 존 경!

폴스타프 지금 가네, 샐로 씨, 지금 가요. (퇴장)

제2장 웨스트민스터, 궁전

워릭과 대법원장 등장.

워 릭 안녕하십니까, 대법원장 각하. 어디로 가시는 길입니까?

대법원장 폐하의 용태는 어떠신지요?

워 릭 아주 좋아지셨습니다. 마음의 고통은 모조리 사라졌습니다.

대법원장 설마 돌아가신 것은 아니죠?

워 릭 자연의 길을 다 걸어가셨습니다. 이 세상사에 관한 한 더 이상 생존하지 않으십니다.

대법원장 저를 불러 수반을 명하셨으면 좋았을 것을. 폐하가 살아 계실 때 충성을 다한 소생이기에, 앞으로 어떤 박해를 받을지 알 수 없구나.

워 릭 확실히 젊은 왕은 각하에게 호의를 갖고 있지 않으신 듯합니다.

대법원장 그건 잘 알고 있습니다. 그러니 소생은 어떤 사태가 벌어져도 달게 맞이할 각오가 되어 있습니다. 하기야, 소생이 이미 마음속에 그리고 있는 상황보다 더 무서운 일이 일어나리라고는 생각지 않고 있습니다.

> 랭카스터, 클래런스, 글로스터, 기타 사람들 등장.

워 릭 저기 돌아가신 헨리 왕의 왕자들이 슬픔에 잠겨 이곳에 왔습니다. 아, 신왕 해리가 저 세 분 중 가장 못한 왕자의 기질이라도 타고났으면 얼마나 좋을까! 그렇게 되면 지금 비열한 인간에게 굴복해야 할 숱한 귀족들이 그들의 지위를 확보할 수 있으련만!

대법원장 오 하느님, 모든 일이 뒤죽박죽 될까 봐 두렵습니다.

랭카스터 안녕하십니까, 워릭 백작.

글로스터 안녕하십니까.

클래런스 안녕하십니까.

랭카스터 말을 잊어버린 인간들처럼 우리는 만나고 있구나.

워 릭 말은 알고 있지만, 우리들의 화제가 너무나 슬픈 것이어서 말수를 줄이고 있습니다.

랭카스터 우리들을 슬프게 하는 부왕의 영혼에 평화가 임하도록 기원하자!

대법원장 그 슬픔이 넘치지 않도록 우리들에게도 평화가 깃들도록 기원합시다!

글로스터 대법원장, 확실히 귀하는 소중한 친구를 잃었습니다. 슬픔에 잠긴 그 얼굴은 절대로 빌려온 것이 아닙니다. 당신의 본심이 드러난 것이라 생각됩니다.

랭카스터 어떤 총애를 앞으로 받을 것인지에 대해서는 아무도 알 수 없지만, 당신의 앞날이 아주 비관적이라는 것은 확실해요. 안 된 일이지만 잘 되도록 기도를 할 수밖에 도리가 없어요.

클래런스 어찌 되었든 존 폴스타프 경의 비위를 맞춰야 합니다. 당신의 성격과는 어긋나는 일이긴 하지만 말입니다.

대법원장 왕자님들, 제가 한 일은 공정한 판단에 의해 양심에 따라 한 일이었습니다. 그것은 명예로운 일이었습니다. 이제 와서 거지처럼 비굴하게 죄도 없으면서 용서를 비는 그런 자세를 보여주고 싶지는 않습니다. 만약에 진실과 곧은 결백성이 제가 살아가는 인생에 방해가 된다면, 돌아가신 전왕에게 돌아가서 그분의 뒤를 쫓게 만든 자가 누구인가를 알리겠습니다.

워 릭 저기 왕자님이 오십니다.

헨리 5세가 시종들을 이끌고 등장.

대법원장　만수무강하소서. 신이여, 폐하를 수호하소서!

왕　왕권이라는 이 화려한 의상은 여러분이 생각하는 것처럼 입기가 편한 옷이 아닙니다. 동생들이여, 너희들의 슬픔에는 불안감이 뒤섞여 있는 듯하다. 그러나 이곳은 영국의 왕실이다. 터키의 궁정이 아니다. 형제를 죽인 아무라스가 아무라스의 뒤를 계승하는 것이 아니다. 헨리가 해리를 계승하는 것이다. 하지만 슬퍼하라, 동생들이여. 그렇게 하는 일이 너희들에게는 어울린다. 너희들이 슬퍼하는 모습은 왕자로서 훌륭해 보인다. 나도 너희들과 마찬가지로 슬픔의 감정을 가슴속에 간직하고 있다. 그러니 마음껏 슬퍼하라. 그러나 동생들이여, 그 슬픔은 우리 형제들이 함께 나누고 있는 것이다. 그것을 제멋대로 혼자서 간직하려고 하지 마라. 나는 하늘에 맹세코 말한다. 너희들은 걱정하지 마라. 앞으로는 내가 너희들의 아버지가 된다. 형이 된다. 나를 사랑하면 너희들의 고통을 내가 맡아주마. 지금은 돌아가신 부왕을 위해 눈물을 흘리자. 나도 울겠다. 그러나 지금 살아 있는 이 헨리 왕은 눈물 한 방울 한 방울을 행복의 한 시간 한 시간으로 바꾸어놓겠다.

왕자들　우리가 원하는 것은 바로 그것입니다.

왕　너희들은 나를 이상한 눈으로 쳐다보고 있다. 특히 대법원장은 그렇다. 내가 그대를 좋아하지 않는다고 생각하는 모양이지.

대법원장　저는 믿고 있습니다. 폐하께서 올바르게 판단하시면, 폐하가 저를 미워할 정당한 이유가 없다는 것을 말입니다.

왕　　있을 수 없다! 이윽고 국왕이 되는 큰 앞날을 지닌 왕자가 너로 부터 받은 모욕을 어떻게 잊을 수 있겠는가? 그렇다! 영국 왕의 제일 계승자를 욕하고, 야단치며 난폭하게 투옥한 일이 아무렇지도 않은 일인가? 망각의 강 레테에서 씻고 잊어버릴 일인가?

대법원장　　그 당시 저는 부왕을 대리하고 있었습니다. 말하자면 저는 국왕의 대권을 대행하는 자리에 있었습니다. 저는 국가의 안전과 질서를 지키고, 국법의 시행에 전념하고 있었습니다. 그런데 폐하는 저의 지위와 법의 힘과 재판의 권위, 그리고 심지어는 제가 대행하고 있는 국왕의 대권까지도 잊어버리고, 장소 불문, 법정의 자리에서 저를 구타하셨습니다. 그래서 저는 부왕에 대한 죄를 범했기 때문에, 저의 권력을 행사해서 왕자님을 투옥했습니다. 이 일이 법에 어긋나는 일이라 생각하시면, 이렇게 생각해주십시오. 이미 왕관을 머리에 쓰고 계시는 오늘, 만약에 폐하에게 왕자가 있다고 합시다. 그가 폐하의 명령에 어긋나게 행동한다면? 거룩한 법정에서 재판의 권위를 끌어내렸다고 한다면? 국법의 집행을 방해하고, 폐하의 평화와 안전을 지키는 정의의 칼날을 무디게 하는 일을 저질렀다면? 더욱이 폐하의 대리이며 분신인 사람을 걷어차고, 조롱하는 일이 있다면? 그래도 폐하는 만족해야 합니까? 폐하 이 일을 자신의 문제로 생각해주십시오. 만약에 폐하가 부친이 되고, 왕자가 있어서, 그 왕자가 왕가의 권위를 더럽히고, 거룩한 국법이 마구 무시당하고, 국왕 자신도 모독당하는 것을 상상해보십시오. 그때 제가 폐하의 편에 들어,

폐하의 권력을 대행하면서 조용히 왕자를 타일렀다면 어떻게 하시겠습니까? 이 부분을 냉정하게 생각하셔서 저에 대한 조치를 강구하시기 바랍니다. 지금은 국왕이 되셨으니, 왕의 입장에서 말씀해주십시오. 지금까지 저의 행위와 직무와 인격, 그리고 폐하의 권위에 손상되는 일이 있었는지 말입니다.

왕 대법원장, 옳아요. 경의 말에는 잘못이 없소. 그러니까 앞으로도 법을 심판하는 직무를 수행해주시오. 그대의 명예가 차츰 높아지고, 나에게도 아들이 생겨, 나와 마찬가지로 경에게 무례한 짓을 한 후에, 경에게 복종하는 날이 올 때까지 오래 살아남으시오. 나도 그때까지 살아남아서 부왕의 말씀을 되풀이하고 싶소. "나는 행복한 사람이다. 나의 아들에 대해서도 겁을 먹지 않고 정의를 행하는 강직한 신하를 거느리고 있으니. 또한 왕자라는 신분이면서도 스스로 자진해서 법의 심판에 자신을 맡기는 아들이 있었으니, 그에 못지않게 행복하다." 경은 나를 감옥에 보냈다. 그 보답으로 나는 그대가 지금까지 몸에 지녀온 깨끗한 정의의 칼을 그대 손에 쥐여주고 싶다. 경이 나에게 했던 것처럼, 대담하고, 공정하고, 불편부당의 정신으로 이 칼을 사용하도록 명심하시오. 자, 악수합시다. 지금은 내가 젊기 때문에 나의 부친처럼 처신해주시오. 그대의 말을 듣고 나는 나라를 다스리겠소. 현명하고 노련한 그대의 지시에 따라서 나의 의사를 조절하고 행동을 결정하겠소. 그리고 형제들이여, 나의 말을 믿어다오. 부탁이다. 부왕은 나의 방탕한 행동을 몰고 무덤 속으로 가셨다. 나의 방탕한 마음은 무덤 속에서 부왕과 함께 매장되었다. 나는 앞으로 부왕의 정신을 계승하여 진지하게 살아가겠다. 나에 대한 세상의 예상을 뒤엎고, 예언을 깨버리며, 나의 겉모습을 보고 나를 결정했던 세상의 악평을 말살하겠다. 지금까지 나의 피는 허황된 생각으로 들떠서 옆길로 쏠렸지만, 오늘부터는 그 흐름을 바꾸어 정상의 길로 돌아가겠다. 양양한 이 나라의 큰 강줄기에 합류하여 위풍도 당당하게 왕권의 위엄을 지니고 흘러갈 것이다. 그러니 우선 국회를 소집하고 싶다. 그리하여 국가의 수족이 되는 훌륭한 고문관들을 선출하고 싶다. 그렇게 하면 우리나라의 국위가 선양되어 최고의 선정을 베풀고 있는 나라들과 같은 수준이 될 것이다. 그리고 전쟁이 일어나건, 평화가 오건, 아니면 두 가지 모두 동시에 밀어닥쳐도 끄떡없이 헤쳐나갈 수 있을 것이다. 이 일에 있어서도 법원장이 나의 길을 인도해야 합니다. 대관식이 끝나면 앞서 말한 대로, 즉시 국회를 소집한다. 나의 뜻에 신이 동의하신다면, 왕족도, 귀족도, 누구든 해리의 행복한 세월을 단 하루만이라도 단축해달라고 기원하는 자는 없을 것이다. (일동 퇴장)

제3장 글로스터셔, 섈로 집의 정원

폴스타프, 섈로, 사일런스, 데비, 바돌프, 시동 등장.

섈 로 자, 내 정원을 봐주세요. 이 정원에서 내가 직접 접목한 피핀 사과의 작년 초생치를 먹읍시다. 회향풀이나 기타 것도 한두 쟁반

올릴 테니 들어보세요. 자, 사일런스 군, 자네도 오게. 취침은 먹고 난 다음으로 하십시다.

폴스타프 정말이지 당신은 호화로운 저택을 갖고 계시네요. 훌륭합니다.

샐 로 오두막, 오두막, 오두막입니다. 거지 판잣집이죠. 존 경, 그저 공기 하나는 좋습니다. 데비, 밥상 차려라. 밥상 차려. 그래, 수고했다. 데비.

폴스타프 이 데비는 여러모로 쓸모가 있네요. 하인도 되고, 집사도 되고요.

샐 로 착한 머슴이조, 착한 머슴. 아주 착한 머슴이죠. 아이구, 존 경. 만찬 때, 나는 과음했나 봐요. 착한 머슴이죠. 자, 앉으세요, 앉으세요. 자네도 앉게.

사일런스 아, 알겠습니다.(라고 말하더니 노래를 부른다)

먹고 놀고 떠드는 것은

하나님 덕일세,

고깃값 헐한데 계집 값은 비싸니,

총각 놈은 바람 나서 여기저기 헤매고,

어허라 놀아보세,

즐겁게 놀아보세.

폴스타프 재미있는 사람이다! 사일런스 군, 답례로 너의 건강을 위해 축배를 들겠다.

샐 로 데비, 바돌프 씨에게 술을 드려라.

데 비 손님, 앉으세요. 곧, 술을 대령하겠습니다. 우선 앉으십시오. 머

습 양반도 앉으시고. 즐겁게 노세요. 식사가 부족하면, 술로 채
우죠. 못난 점은 참아주세요. 반갑습니다. (퇴장)

샬 로　　바돌프 씨, 즐겁게 노세요. 그리고, 거기 있는 꼬마 병정 나으리,
즐겁게 노세요.

사일런스　(노래한다)

놀자, 놀자, 즐겁게 놀자.

아내가 전부냐,

꼬마도 키다리도 여자는 말괄량이,

남자끼리 술잔 들면 유쾌한 세상,

축제 술이다 마셔보자,

즐겁게 마시고 놀아보자,

폴스타프　사일런스 씨가 이토록 유쾌한 사람인 줄은 미처 몰랐네.

사일런스　저 말입니까? 저도 간혹 이렇게 놀아봅니다

데비 다시 등장.

데 비　(바돌프에게) 손님께 드리려고 사과 한 쟁반 들고 왔습니다.

샬 로　데비!

데 비　네, 판사님! (바돌프에게) 곧 오겠습니다. (사일런스에게) 포도주 한
잔 드릴까요?

사일런스　(노래한다)

좋은 포도주 한 잔이면 족하지,

님을 위해 축배를 들자.

유쾌한 마음으로 천년만년 살자.

폴스타프 잘하네요, 사일런스 씨.

사일런스 즐겁게 놉시다. 달콤한 밤이 옵니다.

폴스타프 사일런스의 건강과 장수를 위해 건배를 합시다.

사일런스 (노래한다)

그 잔을 채우면 받으리라,

밑바닥까지, 밑바닥까지 마시리라.

샐 로 바돌프, 잘 오셨소. 원하는 것이 있으면 무엇이든 말하세요. 주저 마시고 말하세요. (시동에게) 잘 왔네. 꼬마 도둑아. 정말 잘 왔네. 바돌프 씨를 위해, 그리고 런던의 모든 멋쟁이들을 위해서 건배를 합시다.

데 비 죽기 전에 런던을 보고 싶네.

바돌프 내가 런던에서 너를 만나면 — 데비?

샐 로 틀림없어, 뒷병으로 부어라 마셔라겠지! 안 그래요, 바돌프 씨?

바돌프 두 되 들이 병으로 마시겠죠.

샐 로 잘 말했네. 이놈은 당신한테 붙으면 안 떨어져요. 결코 등을 돌리고 도망칠 사람이 아니죠. 진국이요, 순종이죠!

바돌프 나도 그 사람 옆에 바싹 붙어 있겠습니다.

샐 로 야, 멋진 말씀이네. 실컷 마시고 기분 내십시오. (안에서 문을 두드리는 소리) 누가 왔나? 문을 두드리네? 여보게, 가보게나. (데비 퇴장)

폴스타프 (사일런스가 큰 잔으로 마시는 것을 보고) 옳거니, 이것은 화답의 술잔이로군.

사일런스 (노래한다)

이것은 화답의 술잔,

주선(酒仙)의 작위를 주시오,

주신 바커스 만만세!

어떻습니까?

폴스타프 훌륭하다.

사일런스 훌륭합니까? 그렇다면 이 늙은이도 쓸 만하네요.

데비 다시 등장.

데 비 (폴스타프에게) 실례합니다, 각하. 피스톨이라는 분이 오셨습니다.
궁정에서 소식을 전하러 왔습니다.

폴스타프 궁정에서! 불러들이게.

피스톨 등장.

피스톨, 어떻게 된 영문인가?

피스톨 존 경, 안녕하십니까!

폴스타프 피스톨, 무슨 바람이 불어서 여기까지 왔는가?

피스톨 나쁜 바람이 아닙니다. 좋은 소식이죠. 대장께서는 지금 왕국 최
고의 인물들 틈에 끼게 되었습니다.

사일런스 그렇고말고요. 크기로 말할 것 같으면, 제일 크지요. 바슨의
퍼프 씨 다음으로는 말이죠.

피스톨 퍼프라, 내가 푸우 불어주고 싶다. 비겁한 놈, 겁쟁이 놈! 존 경,
저는 당신의 피스톨, 당신의 친구입니다. 숨 가쁘게 말을 타고
달려온 것은 반가운 소식을 알리고, 황금시대가 온 것을 전하기
위해서입니다.

폴스타프 부탁이다. 세상에서 통하는 말로 말해다오.

피스톨 세속적인 것은 안 돼. 이 세상 저속한 말로 됩니까! 이 소식은 아
프리카 보물 같은 것인데.

폴스타프 천박한 아시리아의 기사 양반, 그 반가운 소식을 말해주세요.
아프리카 왕 코페튜아가 귀기울일 테니.

씨일런스 (노래한다)

로빈 후드를 따르는

스칼렛과 존.

피스톨 야, 이 똥개들아, 헬리콘 님에게 대항할 참이냐? 모처럼 반가운
소식을 와장창 조롱할 참이냐? 그렇다면 좋다. 피스톨이여, 네
머리를 복수의 여신의 무릎에 얹고, 이 원한을 풀도록 하라.

샐 로 여보세요, 당신은 초면인데요.

피스톨 초면인 것을 슬퍼하라.

샐 로 실례했습니다. 만약에 당신이 궁정에서 소식을 들고 왔다면, 길
은 두 갈래밖에 없습니다. 즉시 알리거나 은폐하는 일입니다. 나
는 국왕 폐하의 임명을 받고 관직에 있는 몸입니다.

피스톨 어느 국왕이란 말인가? 무식한 놈. 말하라, 안 하면 죽인다.

샐 로 물론 국왕 헨리입니다.

피스톨 헨리 4세인가, 5세인가?

샐 로 물론 4세 폐하입니다.

피스톨 그렇다면 너의 관직은 누더기가 되었다! 존 경, 당신의 귀여운
어린 양이 왕이 되었습니다. 거짓말이 아니라, 진담입니다. 피스
톨이 거짓말을 하거든 스페인의 허풍쟁이처럼 이렇게 나를 모

욕해도 좋소.

폴스타프 뭐야? 늙으신 폐하는 돌아가셨는가?

피스톨 틀림없이 돌아가셨어요! 제 말은 사실 그대로입니다.

폴스타프 바돌프, 출발이다! 말 안장을 올려라. 샐로 판사, 원하는 관직을 말해보시오. 반드시 마련해주겠소. 피스톨, 너에게도 두 곱세 곱으로 명예를 안겨주겠다.

바돌프 아 기쁜 날이로구나! 훈작사 정도의 감투로는 만족할 수 없어.

피스톨 어떤가, 대단한 소식이지?

폴스타프 사일런스 씨를 침대로 모셔라. 샐로 님, 아니 샐로 경, 당신은 소원 성취하게 되었소. 내가 운명의 신의 집사(執事)가 되었기 때문이죠. 자, 구두를 신으시고, 밤새 말을 달리는 겁니다. 피스톨, 너는 착한 놈이다! 바돌프! 급히 서둘라! (바돌프 퇴장) 자, 피스톨, 더 자세히 말해다오. 그리고 자네가 어떻게 하면 더 출세할 수 있는지 생각해두게. 자, 구두를 갖고 오라, 구두다! 샐로 님, 젊은 국왕께서는 나의 도착을 고대하고 있을 겁니다. 누구의 말이라도 상관없다. 강제로라도 끌어내라. 영국의 법이 내 손아귀에 있다. 내 친구들은 축복을 받았구나. 딱하게 된 것은 저 대법원장이다!

피스톨 놈의 허파를 독수리에게 먹여라! "즐거웠던 나의 인생은 어디로 갔는가?"라고 놈들은 노래를 부르고 있겠지. 즐거운 인생은 지금 우리들 수중에 와 있다. (일동 퇴장)

제4장 런던, 거리

풍기 단속 관리들이 주모 퀴클리와 돌 티어시트를 끌고 등장.

퀴클리 안 돼, 이 악당아! 차라리 나를 죽여라. 네놈 목도 성할 것 같으냐. 이놈이 나를 끌어당겨 내 어깨뼈가 다 빠졌네.

관리 1 순경이 저 계집을 인도했는데, 실컷 매를 맞겠지. 저년 때문에 요즘에도 남자 한두 명이 목숨을 잃었다는데.

돌 거짓말이다, 이 순경 놈아! 이 소 밥통 같은 놈 악당아. 내 뱃속에 있는 아기가 유산되면, 네놈의 어미를 치고 박는 편이 나을 거라고 네놈은 생각하게 될 것이다. 뻔뻔스러운 희멀건 쌍통아!

퀴클리 오 하나님, 존 경이 와줬으면 얼마나 좋을까! 그렇게 되면 여기 있는 놈 누군가가 피맛을 봤을 거다. 하지만 돌 뱃속의 아기는 유산시켜주소서.

관리 1 그렇게 되면, 또 방석이 열두어 개 필요하게 된다. 지금은 열한 개뿐이지. 임신한 척 보이기 위해서 말이다. 이리 와. 둘 다. 같이 가자. 명령이다. 그 사나이는 죽었다. 피스톨과 네가 몰매질한 그 사람 말이다.

돌 이 봐, 향로 뚜껑에 붙은 여윈 인형 같은 말라깽이야, 이 일로 네놈을 호되게 매질 당하도록 해줄 테다. 청색 옷 입은 병신 순경아! 더러운 놈, 평생 빌어먹을 간수 놈아! 네놈이 매를 맞지 않는다면, 나는 속치마를 입지 않겠다.

관리 1 자, 가자, 여장부 수행 도사님, 갑시다!

퀴클리 오 하느님, 진리가 폭력을 제압하다니! ('폭력이 진리를 제압하다니'
　　　　를 급한 나머지 역으로 말하고 있다–역자 주) 하지만 고통은 행복의 씨
　　　　앗이라 하지 않는가.

돌　　자, 가자, 이 악당아. 재판소로 가자.

퀴클리 가자, 이 굶주린 개새끼야.

돌　　야, 이 죽은 귀신아, 뼈다귀 귀신아!

퀴클리 해골 바가지 같은 놈아! 가자, 홀쭉이 놈아, 말라빠진 늑대야!

관리 1 좋아, 가자. (일동 퇴장)

제5장 웨스트민스터 사원 부근

　　　　하인 둘이 땅에 골풀을 뿌리면서 등장.

하인 1 골풀을 더 뿌리자. 더 뿌리자!

하인 2 나팔 소리가 두 번 들렸네.

하인 1 대관식이 끝나기 전에 벌써 두 시가 되겠네. 자 서두르자, 서둘
　　　　러. (퇴장)

　　　　나팔 소리. 왕과 그 일행이 무대를 가로지르면서 통과한다. 그들
　　　　뒤를 따라 폴스타프, 샐로, 피스톨, 바돌프, 그리고 시동 등장.

폴스타프 로버트 샐로 씨, 내 곁에 붙어 계세요. 왕에게 인사를 시켜드
　　　　릴 테니. 이곳을 지나면 나는 왕에게 눈짓을 던지겠소. 그러면

왕이 어떤 표정을 지을 것인가 잘 살펴보세요.

피스톨　신이여, 대장님의 허파에 축복을!

폴스타프　피스톨, 너는 이리 와서 내 뒤편에 서 있거라. (샐로에게) 시간이 있었으면 당신한테 빌린 천 파운드로 멋진 옷을 지어 입었을 텐데. 하지만 그건 큰 문제가 아니야. 이 허름한 옷이 급히 보고 싶어서 상경한 증거가 될 것이다.

샐　로　그렇습니다.

폴스타프　이 몸이 보여주는 것은 진정한 애정이다…….

샐　로　그렇습니다.

폴스타프　충성심이다…….

샐　로　그렇습니다, 그렇습니다, 그렇습니다.

폴스타프　밤을 낮으로 알고 달리면서, 주저하거나, 망설이거나, 옷을 갈아입을 시간도 아끼면서…….

샐　로　그렇습니다. 그것이 제일 중요한 점입니다.

폴스타프　여행길 먼지를 뒤집어쓴 채, 보고 싶은 일념으로 땀범벅이 되어, 일편단심으로 모든 일을 잊은 채, 이 세상에서 절실한 것은 오로지 왕을 뵙는 일이라 생각해서 온 것처럼 보이겠지.

피스톨　같은 말씀입니다. 서로 떼놓을 수 없는 말씀입니다. 전체가 부분이요, 부분이 전체입니다.

샐　로　정말 그렇습니다.

피스톨　대장님, 당신의 간장에 불을 붙여서, 당신을 격분케 할 일이 있습니다. 당신의 돌, 꿈속의 트로이의 헬렌이 현재 투옥되어 더러운 감옥에서 신음하고 있습니다. 그녀는 혐오해 마지않는 더러운 손에 끌려갔죠. 머리칼 대신 독사를 기르는 무서운 복수의 여신을 불러내는 한이 있더라도 그녀를 구출해내야 합니다. 피스톨은 허위 사실을 유포하지 않습니다.

폴스타프　내가 구해주겠다. *(안에서 환성과 나팔 소리)*

피스톨　노도(怒濤)와 같은 환성과 하늘을 찌르는 나팔 소리.

　　　　왕과 그 일행이 등장한다. 일행 중에는 대법원장도 있다.

폴스타프　할 왕 만세, 할 폐하 만만세!

피스톨　명성이 충천하는 할 왕께 신의 가호가 있기를 빕니다.

폴스타프　만세, 어린 나의 친구여!

왕　법원장, 저 어리석은 자를 제재하시오.

대법원장　너 정신 나갔나? 무슨 말인지 알고 하는가?

폴스타프　나의 왕! 나의 두목! 여보게, 나는 자네한테 말하고 있다네!

왕　나는 자네를 모른다. 늙은이, 기도나 하게. 백발이 성성한데 어릿광대 바보짓은 보기 싫다! 나는 오랫동안 자네 같은 사람을 꿈꾼 적이 있다. 살이 찌고, 부푼 늙은 추물(醜物)을 꿈꿔보았지만, 잠을 깨고 보니 그 꿈이 싫어졌다. 앞으로는 몸을 줄이고, 덕을 살찌우게. 폭음 폭식을 삼가라. 너의 무덤 아가리가 다른 사람보다 세 배나 더 크게 입을 벌리고 있다. 어리석은 재담으로 나의 말에 응답하지 마라. 나를 옛날의 나로 착각하면 큰 잘못이다. 하느님도 알고, 국민들도 안다. 나는 다시 태어났다. 과거의 나를 버렸다. 동시에 과거의 친구들도 버릴 생각이다. 만약에 내가 옛날의 내가 되었다는 소문이 돌면, 그때에는 돌아오게나. 그대를 옛날의 친구로서, 나의 방탕했던 시절의 스승으로서, 나를 키운 어버이로서, 반갑게 맞겠다. 그때까지는 죽음의 고통을 누르고, 자네를 버리겠다. 이미 나는 옛날 악우(惡友)들에게도 말했지만, 내 신변 십 마일 이내에 접근하면, 즉시 사형을 당하게 되어 있다. 그러나 목숨을 부지할 수당만은 지급토록 하겠다. 먹는 일이 궁해지면 또다시 악행을 저지르게 되기 때문이다. 물론 너희들이 뉘우치는 정성을 보이면, 각자의 능력, 재능을 참작하여, 등용의 길을 열어주겠다. (법원장에게) 법원장, 내가 지시한 일들이 잘 실행되도록 책임을 지고 살피고 배려하라. 자, 그러면 출발이다. (왕은 일행과 함께 퇴장한다)

폴스타프 샐로 씨, 나는 당신에게 천 파운드의 빚을 졌지요.

샐 로 그렇습니다. 그 돈만은 제가 갖고 집에 돌아가도록 해주세요.

폴스타프 샐로 씨. 그 일은 어렵게 됐소. 그러나 걱정하지 마시오. 왕이 은밀하게 나를 부를 것이오. 이봐요. 그 양반도 체면이 있지, 사람들 앞에서 그렇게 할 수밖에 없었겠죠. 당신의 출세에 관해서는 염려 놓으시오. 내가 반드시 당신을 궁정의 중신으로 기용하리다.

샐 로 저에게 무게를 달아주신다 이 말씀인데, 당신의 윗저고리를 걸치고, 틈새에 짚을 박아 넣으면, 근수가 좀 나가겠죠. 여하튼 존경, 천 파운드의 반이라도 돌려주실 수 없습니까?

폴스타프 걱정 마시오. 나는 약속을 지키는 사람이오. 방금 들은 말은 왕이 진심으로 한 말이 아닙니다.

샐 로 존 경, 왕의 본심은 당신을 목매달겠다는 겁니다.

폴스타프　　적을 겁내지 말라. 식사나 하러 가자. 여봐, 부관, 피스톨, 가자. 바돌프도 오라. 밤이 되면 즉시 왕이 나를 부를 것이다.

　　　　　　랭카스터 공 존, 대법원장 등장. 뒤에 관리들이 따르고 있다.

대법원장　　존 폴스타프 경을 플리트 형무소로 연행하라. 그의 부하들도 함께 끌고 가라.

폴스타프　　법원장 각하, 각하!

대법원장　　지금은 답변할 수 없다. 곧 너의 얘기를 듣겠다. 모두들 끌고 가라.

피스톨　　"비운으로 나는 깔앉아도, 내 마음은 희망에 넘쳐 떠오른다." (랭카스터 공과 대법원장을 남기고 일동 퇴장)

랭카스터　　왕의 조치는 훌륭했다고 생각합니다. 과거의 패거리들에게 살아갈 생활비는 주고, 그들의 생활이 세상 사람들에게 받아들여질 때까지 추방한다는 의견이신 모양인데.

대법원장　　그렇습니다.

랭카스터　　그리고 새로 국회를 소집한다면서요?

대법원장　　그렇습니다.

랭카스터　　그렇다면, 금년 안으로, 지금까지 내란으로 향하던 칼과 용기를 프랑스로 갖고 갈 모양입니다. 소문의 새가 그렇게 짖어대고 있어요. 그 새소리의 음악은 왕을 기쁘게 하고 있습니다. 자, 가봅시다. (두 사람 퇴장)

에필로그

무용수가 등장해서 말한다.

무용수 우선 저의 걱정을 말하고, 다음에는 저의 인사를, 그리고 끝으로
는 저의 말씀을 전하겠습니다. 저의 걱정은, 여러분들이 만족하
셨는지입니다. 저의 인사는 저의 의무입니다. 그리고 저의 말씀
은 여러분들에게 용서를 비는 일입니다. 만약에 여러분들이 멋
진 말을 기대한다면, 여러분은 저를 망치는 일이 됩니다. 오늘
제가 말씀드리는 것은 제 자신이 만든 얘기입니다. 어떤 말을 하
더라도 제 말이 저를 망칠 것은 뻔한 일입니다. 하지만 이미 시
작한 일이니 해보겠습니다. 여러분도 아시다시피, 저는 얼마 전
에 재미없는 연극을 보여주고, 이곳에 나와서 여러분의 용서를
빌고, 다음에는 재미있는 연극을 보여드리겠다고 약속했습니
다. 그래서 저는 이 연극으로 그 빚을 갚으려 했습니다. 그러나
불행하게도 이 연극이 마음에 차지 않았다고 한다면, 저는 망하
고 채권자인 여러분은 손해를 보게 됩니다. 약속한 대로 저는 이
곳에 나와서 여러분의 너그러운 자비심을 구할 뿐입니다. 전액

을 지불할 수 없으면, 약간만 면제해주셔서 다소라도 갚아드리고, 세상의 관례에 따라 두고두고 무한정으로 갚아드리겠습니다. 물론 이 혓바닥의 진술만으로는 안 된다고 말씀하시면, 이 다리를 움직여 춤을 추어드리겠습니다. 그렇지만 그것은 너무나 소홀한 지불이 되겠습니다. 춤을 추고 빚을 갚는다니 말입니다. 그렇지만 양심이 살아 있는 한, 될 수 있는 데까지는 보상을 하겠습니다. 하고말고요. 여기 계신 부인들은 저를 용서한 것 같습니다. 만일 신사들이 용서할 수 없다고 말한다면, 신사들이 부인들에게 이의를 제기하는 전대미문의 사건이 됩니다. 끝으로 한 말씀 더 드리겠습니다. 손님들이 기름기 많은 고기에 물리지 않으셨다면, 이 작품의 작가는 존 경의 이야기를 더 계속하고, 프랑스의 카트린 공주의 이야기도 즐기도록 해드리겠습니다. 제가 알고 있기는 폴스타프가 프랑스에 가면, 아마도 땀을 너무 흘려 죽게 될 것입니다. 그렇지 않으면, 혹시 여러분의 혹평 때문에 그전에 죽을지도 모르죠. 실제로 존 경 올드캐슬은 순교자로 생을 마쳤습니다. 하지만 그는 폴스타프와는 별개의 인물입니다. 저의 혀도 지쳤습니다. 저의 다리가 지쳤을 때, 저는 여러분들에게 작별 인사를 드리겠습니다.

셰익스피어 사극의 이해
〈헨리 4세〉(2부작) 〈헨리 5세〉 〈리처드 3세〉를 중심으로

1. 셰익스피어는 왜 사극을 썼는가

셰익스피어가 쓴 8편의 사극은 열거된 순서대로 영국 15세기의 정치사를 차지하고 있다. 그중 〈리처드 2세〉, 〈헨리 4세〉(2부작), 〈헨리 5세〉, 〈헨리 6세〉(3부작), 〈리처드 3세〉는 내용 면에서 서로 밀접한 연관성을 지니고 있다. 나머지 사극인 〈존 왕〉과 〈헨리 8세〉는 이들 작품과 관련을 맺지 않고 있다.

셰익스피어 사극의 창작연도는 다음과 같다.

제목	창작 연도	제목	창작 연도
헨리 6세 1부	1509	헨리 6세 2부	1591
헨리 6세 3부	1591	리처드 3세	1593
존 왕	1594	리처드 2세	1595

헨리 4세 1부	1597	헨리 4세 2부	1598
헨리 5세	1599	헨리 7세	1599

헨리 4세는 리처드 2세로부터 왕관을 빼앗아 랭카스터 가의 시조가 되었다. 1455년 랭카스터 가와 요크 가 사이에 시작된 장미전쟁은 1485년 헨리 7세가 리처드 3세를 살해하고 전쟁에 승리함으로써 종막을 고했다. 플랜태저넷 왕조는 리처드 3세로서 막을 내리고 헨리 7세의 튜더 왕조가 시작된 것이다. 셰익스피어 사극에서 다루어진 통치자의 이름과 통치 시기는 다음과 같다.

작 품	통치 시기
헨리 2세 (플랜태저넷)	1154~1189
리처드 1세 (플랜태저넷)	1189~1199
존 왕 (플랜태저넷)	1199~1216
헨리 3세 (플랜태저넷)	1216~1274
에드워드 1세 (플랜태저넷)	1274~1307
에드워드 2세 (플랜태저넷)	1307~1327
에드워드 3세 (플랜태저넷)	1327~1377
리처드 2세 (플랜태저넷)	1377~1399
헨리 4세 1, 2부 (랭카스터)	1399~1413
헨리 5세 (랭카스터)	1413~1422
헨리 6세 (랭카스터)	1422~1471
에드워드 4세 (요크)	1471~1483
에드워드 5세 (요크)	1483(13세에 왕이 되어 2개월간 통치)

리처드 3세 (요크)	1483~1485
헨리 7세 (튜더)	1485~1509
헨리 8세 (튜더)	1509~1547

셰익스피어는 1580년대 말 장미전쟁에 관한 작품 구상을 하고 있었는데, 그가 주로 참고로 한 사서(史書)는 1587년 초판에 이어 두 번째로 출간된 『Raphael Holinshed's Chronicles of England, Scotland, and Ireland』이다. 이 책은 셰익스피어가 사극은 물론이고 〈리어 왕〉, 〈맥베스〉, 〈심벨린〉을 쓸 때에도 참고한 자료집이다. 셰익스피어는 홀린셰드가 그의 역사책을 엮는 데 도움을 받은 1548년에 출간된 장미전쟁에 관한 사서인 에드워드 홀(Edward Hall)의 저서 『The Union of the Two Noble and Illustre Families of Lancaster and York』를 참고했다. 이 책은 셰익스피어가 특히 「헨리 6세」를 집필할 때 크게 의존한 자료이다. 셰익스피어가 역사극 집필을 구상한 첫 번째 동기는 그의 관객들을 포함해서 튜더 시대 영국인들의 역사에 대한 깊은 탐구심 때문이라 할 수 있다. 엘리자베스 시대에는 이 경향을 반영해서 수많은 역사책이 발간되었다.[이 문제에 대한 흥미로운 자료는 다음과 같다. 베넷(H.S. Bennet)의 저서 『English Books and Readers, 1558~1603』(Cambridge, 1965) 가운데 pp. 214~220의 내용과 라이트(Louis B. Wright)의 저서 『Middle-Class Culture in Elizabethan England』(Chapel Hill, North Carolina, 1935) 가운데 pp.297~338의 내용을 참조하면 될 것이다]

셰익스피어 사극 창작의 두 번째 동기를 우리는 극작가의 예술적 포부와 그 당시 극장 경영의 측면에서 찾아볼 수 있다. 1615년 이전에 9

개 공중극장이 런던에서 문을 열었다(The Theatre(1576), The Curtain(1577), Newington Butts c.(1579), The Rose(1587), The Swan c.(1595), The Globe(1599, 1614 재건), The Fortune(1600, 1621 재건), The Red Bull(1605), The Hope(1613)). 이토록 극장이 많이 생기다 보니 공연 횟수가 많아지고, 관객 수가 늘어났다. 그만큼 희곡작품의 수요가 급증했다. 작품 생산의 속도가 빨라지고, 연극 활동의 활성화로 발표되는 작품의 수가 늘어났다. 이를 입증하는 자료를 우리는 『Henslowe's Diary』(edited by R. A. Foakes and R.T. Rickert, Cambridge, 1961)와 『Documents of the Rose Theatre』(edited by Carol Chillington Rutter, Revels Plays Companion Library, Manchester, 1984)에서 얻을 수 있다. 헨슬로의 기록은 당시 극작가들이 영국 역사 속에서 희곡 창작의 자료를 찾는 내용에 관해서 귀중한 자료를 제시하고 있다. 이 극작가들이 자료를 얼마나 섭렵했는지에 대해서는, 그 세기가 끝날 때쯤 되어서 노르만 정복부터 튜더 시대에 이르는 왕조에서 희곡작품으로 다루어지지 않는 통치자가 없을 정도가 되었다는 사례를 보면 당시 극작가들의 사극 집필 의욕을 짐작할 수 있다. 역사극에 대한 국민적 관심은 16세기 후반 영국에서 국민의 자의식과 긍지를 높이는 결과를 초래했으며, 영국 문예진흥의 활력을 제공하는 원천이 되었다. 국민들은 과거 역사를 알려고 했으며, 극작가는 그 욕구를 충족시켜주었다.

셰익스피어가 사극을 쓰게 된 세 번째 동기는 엘리자베스 시대 국민들의 정치적 관심 때문이다. 희극의 형식이 사회적 인간에 대한 관심에서 비롯되고, 비극의 형식이 도덕적이며 윤리적 인간에 대한 관심에서 생겨났다면, 역사극은 인간의 정치적 행위나 권력욕 또는 권력의 획득과 그 상실에 대한 인간의 반응을 다루는 데 적합하다고 할 수 있다.

영국사에서 권력은 왕위를 의미했다. 그것은 또한 권력의 확대와 인간 능력의 한계 사이의 어떤 관계를 의미했다. 셰익스피어는 사극을 쓰는 데 있어서 역사를 이용했다. 그의 이용 방법은 역사적 사실을 선택하고, 재구성하며, 축소하고 확대하는, 그리고 때로는 추가하는 일이었다. 그의 목적은 정치의 본질적 문제에 접근해서 정치가 인간에 미친 영향이 무엇인가를 탐구하는 일이었다. 셰익스피어는 그의 사극에서 끊임없이 묻고 있다. 역사란 무엇인가. 권력이란 무엇인가. 인간 사회의 질서는 어떻게 유지되어야 하는가. 지나친 권력욕은 폭력과 배신과 잔혹한 죽음을 유발하는 온상이 아닌가.

2. 작품론

1) 리처드 3세

〈리처드 3세〉는 1471년 에드워드 4세가 왕위에 오르는 것으로 시작해서 요크 집안의 마지막 왕인 리처드 3세가 1485년 보스워스 전투에서 패배하는 것으로 끝난다. 〈리처드 3세〉는 1597년 10월 20일 작품등기소(Stationers' Register)에 등록되었다. 최초의 폴리오판(the First Folio) 이전에도 5개의 쿼토판(Q2, 1598; Q3, 1602; Q4, 1605; Q5, 1612; Q6, 1622)이 출판되었는데 이 같은 연속 출판은 그 당시 이 작품의 인기도를 말해주고 있다. 이 작품으로 〈헨리 6세〉의 연작 희곡이 마무리된다. 〈리처드 3세〉는 1592년부터 1593년 사이에 집필되었을 것이라고 추정되고 있다. 이 작품은 1592년에 완성한 〈헨리 6세〉와 밀접한 연관이 있기 때문에 그 작품이 끝난 1592년 이후에 시작되었다고 추측하는 것이다. 〈리처드 3세〉는 리처드 3세가 집권한 전후 14년 동안의 왕조사를 치밀한 구성으로 압축해서 보여주고 있다. 극 초반의 헨리 왕의 장례식(1471), 앤 왕비에 대한 리처드의 구애(求愛)(1472), 런던 탑에서의 클래런스의 살해(1478), 에드워드의 죽음(1483), 버킹엄의 반란(1483) 등 역사적 사건들이 작품 내용으로 구성되어 있다. 다만 마거릿 왕비의 역할은 역사 외적 사실의 추가이다. 주요 소재는 홀린셰드의 영국사다.

극 첫머리에 독백의 방법으로 리처드의 악한 성격을 부각시키면서 셰익스피어는 리처드가 작품의 3분지 1을 차지하도록 만들고 있다. 셰익스피어는 극 초반에 리처드의 성격 창조를 위해서 중요한 사실을 재구성하여 도입하고 있다. 초반의 에피소드에서 그는 1471년 헨리 6세의 장례식, 1472년의 안 네빌과의 결혼, 1478년의 클래런스의 투옥, 1483년에 있었던 에드워드의 마지막 병환 등을 한꺼번에 압축해서 다루고 있다. 이 사건들을 끌어들이면서 셰익스피어는 리처드를 역사를 지배하는 주인공으로 부각시키고 있다. 에드워드 4세는 단 한 장면, 임종의 자리에만 나타난다. 그는 22년간 왕위에 있었는데 그의 이름을 딴 사극은 한 편도 없다. 그는 플랜태저넷 왕가에서는 치적이 많은 훌륭한 왕이었다. 1956년에 있었던 인터뷰에서 미국의 극작가 손튼 와일더는 역사와 극에 관해서 흥미 있는 얘기를 하고 있다. 그는 말한다. "소설은 과거의 얘기를 다루고 있지요. 역사책도 마찬가지입니다. 연극의 시간은 언제나 '지금'입니다. 작중인물은 과거와 미래 사이에 있는 현재의 면도날 위에 서 있는 것입니다." 셰익스피어는 에드워드 4

세보다는 리처드 3세가 영국사의 페이지에서 벗어나 영원한 '현재' 속에서 관객과 호흡을 함께하도록 만들었다. 역사에서 뛰어나온 리처드가 역사의 테두리를 벗어나서 동시대적 인간으로 되살아나고, 추상화되고, 개념화되고, 상징화되는 경우이다. 셰익스피어는 정치의 본질적 의미를 해명하기 위해서 리처드라는 악마적 인간이 필요했던 것이다.

연극 〈리처드 3세〉의 자료가 된 역사적 사실의 기술은 이 시점에서 중요하다고 본다. 1450년대에 요크 공작 리처드는 사촌 헨리 6세의 왕권에 도전하고 있었다. 1460년 12월, 헨리의 왕비 마거릿은 과격한 성격의 인물이었는데, 군대를 모아 웨이크필드에서 리처드 공작을 패퇴시키고 그를 살해한다. 또한 이 전쟁에서 요크 가의 두 번째 아들 러틀랜드 백작이 사망했다. 요크 집안에는 나머지 세 아들이 살아남았다. 에드워드(18세), 조지(11세), 그리고 리처드(8세)가 그들이다. 웨이크필드의 싸움이 지난 3개월 후 1461년 3월 요크 일파의 워릭 백작 리처드 네빌 등의 충신들에 의해 에드워드가 왕위에 올랐다. 몇 주가 지난 다음, 에드워드와 워릭은 랭카스터 집안에 결정타를 가해 헨리와 마거릿을 쫓아내고 요크파의 왕관을 확고하게 만들어놓았다.

에드워드는 영국을 다스리게 되었고, 동생 조지와 리처드는 각각 클래런스 공작과 글로스터 공작이 되었다. 그는 또한 우드빌 출신의 아름다운 귀부인 과부 엘리자베스와 결혼했다. 워릭은 프랑스 왕의 처제와 에드워드의 혼사를 성취시키기 위해 노력하고 있었는데, 에드워드는 비밀리에 엘리자베스와 결혼을 했다. 왕의 결혼은 워릭을 당황하게 만들었고, 그를 괴롭혔다. 이 때문에 에드워드는 그의 최고 지지자 워릭을 경원하게 되었다.

왕비의 지원을 받은 그레이 가와 우드빌 사람들은 에드워드 궁전에서 영향력을 발휘하게 되었다. 에드워드는 외교정책에 관한 워릭의 충언을 묵살했다. 이것이 화근이 되었다. 1469년부터 1470년까지 에드워드 왕의 최고 참모가 그에게 반기를 들었다. 클래런스를 그의 장녀 이사벨과 결혼시키면서 그를 측근에 끌어들인 왕비 마거릿과 연합전선을 펴 에드워드를 추방하였다. 그는 유형의 길에 나서게 되었다. 워릭은 대부분의 시간을 런던 탑 속에 갇혀 있던 불쌍한 헨리 6세를 왕위에 오르게 했다. 헨리 6세의 복위는 단명으로 끝났다. 충실한 동생 글로스터 공작 리처드의 지원을 받은 에드워드는 클래런스 공작 조지와 합세해서 1471년 영국으로 돌아와서 왕국을 다시 차지했다. 워릭은 바넬 전투에서 4월 14일 패배하고 살해되었다. 5월 4일 마거릿은 튜크스베리에서 패배하고 포로가 되었다. 그 이후에 있었던 전투에서 헨리와 마거릿의 외아들 랭카스터의 에드워드가 사망했다. 튜크스베리 전투가 있은 지 며칠 후, 또다시 런던 탑의 죄수가 되었던 헨리 6세가 암살되면서 랭카스터 집안은 몰락하게 된다. 그의 암살에 대해서는 에드워드가 죽였다는 설과 글로스터 공작 리처드가 죽였다는 설이 있다.

1471년 5월, 에드워드는 편안하게 왕위에 다시 오르게 되었다. 그 이후 12년간 그는 왕국의 통치를 만끽했다. 그는 40세 때 신체적 발작으로 급사했다. 그는 미식가였고, 색한이었다. 명성을 떨친 런던 상인의 아내였던 그의 정부 제인 쇼어는 〈리처드 3세〉에서 언급되고 있다. 에드워드는 나라 경제를 잘 보살펴서 나라의 재정이 튼튼해지고 국력이 튼튼해졌다. 에드워드는 현실적인 사람이었다. 그의 통치 기간에 영국은 장미전쟁의 후유증을 말끔히 씻을 수 있었다. 나라의 질서도 회복되었다.

헨리 6세의 무능한 통치력으로 쇠퇴한 나라의 명예가 에드워드 왕에 의해 회복되었다. 그는 키도 늘씬하고, 미남인 데다, 사치스러운 옷을 즐겨 입었다. 그러나 왕권은 엄했다. 왕의 명령은 절대복종이었다. 그는 심지어 프랑스에 대한 불가침 공약 대가로 루이 11세로부터 조공을 받기도 했다. 리버스와 리처드는 왕에 대한 반란을 제압하는 막중한 임무를 성공적으로 수행하고 있었다.

에드워드가 아들이 성년이 될 때까지 살 수만 있었다면 문제는 없었을 것이다. 그의 측근들도 클래런스를 빼놓고는 모두가 충성을 맹세하고 있었다. 에드워드는 두 아들을 얻는 등 결혼생활은 안정되어 있었다. 그들은 태자 에드워드(1470년생)와 요크 공작 리처드(1473년생)였다. 딸은 다섯이었다. 이 가운데 가장 중요한 딸이 엘리자베스(1466년생)였다. 왕비 엘리자베스는 궁전에 친척들을 수없이 불러들였다. 형제자매는 물론이요, 그녀의 전 남편 사이에 낳은 두 아들도 그 속에는 포함되어 있었다. 이들은 관직을 얻고 부를 축적했다. 이들은 이른바 벼락치기 귀족들이었다. 에드워드가 임종을 맞이할 때, 이들은 막강한 권력을 휘둘렀지만 국민들의 신망은 얻지 못했다. 왕비는 물론이고, 이들 우드빌 일당 가운데서 유별나게 네 명의 귀족이 리처드 3세의 이야기 속에 개입한다. 한 사람은 엘리자베스의 동생 앤서니로서 1469년 리버스 백작이 된다. 또 한 사람의 형제는 에드워드 우드빌이었으며, 나머지는 왕비와 전 남편 사이의 아들인 토머스 그레이와 리처드 그레이였다.

궁전에서는 윌리엄 헤이스팅스가 중심 역할을 하고 있었다. 그는 1460년부터 에드워드와 고난을 함께했다. 그는 왕의 최고 상담역이요

절친한 친구였다. 리버스는 그를 질투하고 있었다. 도싯과 헤이스팅스는 개인적으로 암투를 벌였다. 우드빌 일파들은 전반적으로 헤이스팅스가 왕과 친밀한 관계인 것에 대해 불만이었다. 1482년 그들은 헤이스팅스를 곤경에 빠지게 해서 왕과 불화를 빚게 만들었다. 셰익스피어의 초기 작품에는 이 사건이 간혹 언급된다.

리처드는 궁전에 잘 드나들지 않았다. 그는 왕국의 북방지역을 책임지고 있었다. 그는 왕이 호출할 때만 런던에 왔다. 그는 에드워드가 40세에 타계하리라고는 전혀 예상하지 못했다. 따라서 그가 일찍부터 왕위를 넘보고 있었다는 튜더 쪽 얘기는 근거가 희박하다. 그는 유능한 행정가였다. 용감하고도 성공적인 장군이었다. 그는 주로 요크셔의 미들햄에서 그의 아내 앤 네빌과 살고 있었다. 그녀는 남편이 죽은 후 일년째 되는 해인 1472년에 그와 결혼했다. 앤과 자매인 이사벨(클래런스의 아내)은 궁전에서 막강한 실세였다. 리처드는 한때 클래런스와 집안 재산 문제로 사이가 나빠졌지만, 1478년 클래런스가 처형될 때에는 그의 구명운동에 앞장서는 우애를 보여주었다. 리처드는 우드빌 일당이 클래런스를 죽였다고 생각했다. 리처드는 우드빌 일당을 증오했다.

클래런스는 리처드와 성격이 달랐다. 리처드는 왕의 신뢰를 얻는 충성심을 보였지만 클래런스는 왕권을 탐하는 야심에 불타고 있었다. 그래서 그는 한때 워릭의 반란에 가담하기도 했다. 에드워드가 왕권을 재장악했을 때에 살아남은 것만으로도 다행한 일이었고, 부귀영화를 누린 것은 행운이었다. 1470년대에 그는 리처드와 싸우면서 궁전을 어지럽히고, 1477년에는 여자와의 스캔들로 에드워드의 마음을 아프게 했다. 그는 또한 하인에게 이사벨 살해의 무고한 죄를 뒤집어씌워 처형하는 무분별을 보여주었고, 마술을 부린 죄로 그의 하인 한 사람이 에드워드에 의해 처형되었을 때에는 왕에게 노골적인 불만을 털어놓았다. 결국 그는 케임브리지셔에서 반란을 시도했다. 왕 에드워드는 그를 반란죄로 체포했다. 1478년 2월, 그는 사형선고를 받고, 열흘 후 런던 탑에서 처형되었다.

클래런스 죽음의 책임 문제는 논란의 대상이었다. 튜더 시대에는 리처드가 비난의 대상이 되었다. 셰익스피어는 리처드가 왕권욕에 사로잡혀 그를 체포하고 처형하는 묘사를 작품 속에서 하고 있다. 사학자들 간에는 셰익스피어의 묘사에 대해서 불만을 표시하는 측이 있다 (Peter Saccio, *Shakespeare's English Kings*, 1976, p.168 참조). 우드빌 일당이 이 일에 개입했다는 설이 신빙성이 있다고 보는 견해가 우세하다. 에드워드 왕에 대한 도전은 그들에 대한 최대 위협이었기 때문이다. 그러나 확실한 것은 클래런스 죽음의 최고 책임자는 에드워드였다는 사실이다. 그가 일을 시작했다는 것이 가장 유력한 학설이다. 에드워드는 그의 반대파를 누구든 용서하지 않았다.

에드워드 4세는 1483년 4월 9일 죽었다. 일 년 후에 그의 장남이 왕권 계승자로 선포되었다. 그러나 삼 개월 후, 글로스터 공작 리처드는 웨스트민스터 성당에서 리처드 3세가 되고 그의 아내 앤은 리처드의 왕비가 되었다. 에드워드는 어린 왕자의 보호자 역으로 요크 가의 유일한 법통인 리처드를 선임했고, 동시에 어린 왕자를 우드빌 일가의 손에 맡겨놓았다. 두 집단 사이의 왕권 쟁탈전이 시작되었다. 리처드는 북방지역이 근거지였다. 버킹엄은 남쪽이었다. 12세 된 왕자는 리버스가 맡고 있었다. 이들은 지리적으로 분산되어 있지만 셰익스피어는 무대 위에서 왕자만 빼놓고 모두 런던에 있도록 했다.

리처드와 버킹엄은 4월 29일 노샘프턴에서 만나 리버스, 토머스 본, 리처드 그레이 등을 체포하고, 어린 왕자를 우드빌 일당으로부터 격리시켰다. 리처드의 작전이 알려지자 궁전에는 소동이 일어나고 우드빌 쪽 가신들은 웨스트민스터 사원으로 피란길에 올랐다. 헤이스팅스는 환희에 넘쳐 리처드가 5월 4일 런던에 입성할 때까지 런던 시를 다스렸다. 리처드는 자신의 권력을 다져나갔다. 그는 런던 시민과 왕자의 신임을 얻었다. 하지만 튜더 가의 신화에 의하면 리처드는 오랫동안 왕권을 탐내다가, 에드워드 4세가 죽자 즉시 왕권에 도전했다는 것이다. 리처드는 그에게 반기를 들기 시작한 헤이스팅스를 6월 13일 체포해서 재판도 하지 않고 그를 처형한다. 그는 또한 리버스, 본, 그리고 그레이에게 사형선고를 하고 처형한다. 헤이스팅스와 이들에 대한 사형은 법적 정당성이 없었다. 리처드 3세는 암살자를 동원해서 조카인 왕자들을 살해했다. 셰익스피어는 이 얘기를 놓치지 않고 극화하고 있다. 이들 왕자들의 운명에 대해서는 확실한 결론을 내릴 만한 역사적 증거가 현재까지도 확보되지 못하고 있다.

1483년 가을, 우드빌 일당, 엘리자베스 우드빌, 도싯, 모턴, 버킹엄, 헨리 튜더 등에 의해서 리처드 제거를 위한 반란이 시도되었다. 이것이 왕자 잔존설의 근거가 되었다. 적어도 이 시점까지는 왕자가 살아있었기 때문에 그들은 왕자 옹립을 위한 반란을 일으킬 수 있었다는 것이다.

리처드의 왕권 승계자인 아들이 1484년 4월에 죽었다. 앤 왕비가 1485년 4월에 죽었다. 리처드가 아내를 독살했다는 소문이 퍼졌다. 리처드 3세를 두려워하는 피난민들이 튜더 가의 헨리 곁에 모이기 시작했다. 모턴, 도싯, 존 드 베어 장군, 제임스 블런트, 스탠리 공 등이 지원을 약속하며 모여들었다. 1485년 8월 7일 헨리는 웨일스 지방의 밀포드에 상륙했다. 그가 웨일스 지방을 행군할 때 추종자들이 계속 늘어났다. 월터 허버트, 길버트 델, 라이스 등 실력자들이 헨리 캠프에 참여했다. 리처드도 군사를 모았다. 두 군대는 8월 22일 영국 중부지방, 라이셔스터셔의 보스워스에서 만났다. 상식적으로 보아 리처드의 승리는 당연했다. 32세였던 리처드는 18세 때부터 전쟁터의 경험을 했다. 리처드의 군세도 우세였다. 문제는 리처드 편에 가담하기로 한 지지자들이 관망세로 돌아섰다는 것이다. 뿐만 아니라 리처드 3세의 심복인 노퍽 공작이 초전에서 전사해서 리처드 군대의 사기가 저하되고 동요가 극심해졌다. 설상가상으로 헨리 진영의 스탠리 공이 이끄는 기병대가 리처드를 측면으로 기습해서 그의 심복 장군들을 섬멸시켰다. 그 결과 리처드 3세는 이 싸움에서 참패하고 목숨을 빼앗겼다. 헨리는 튜더 왕조의 최초의 왕이 되었다. 그는 헨리 7세였다. 그는 요크 가의 엘리자베스와 결혼했다. 그리고 24년간 영국을 통치한다. 그의 왕조는 1603년까지 계속된다. 모턴은 캔터베리 대주교가 되었다. 그는 또한 토머스 모어의 절친한 친구가 되었다. 튜더 신화는 헨리 왕을 플랜태저넷 왕조의 혼탁한 정치에서 영국을 구한 현군으로 추앙하고 있다. 셰익스피어도 그를 하늘이 보낸 "징벌의 사자"라고 말했다.

헨리 7세에 이어 튜더가의 헨리 8세가 왕위에 올랐다. 헨리 8세는 모계 쪽이 플랜태저넷의 혈통을 잇고 있었지만, 한때 영국과 프랑스 그리고 웨일스 지방을 다스린 플랜태저넷 왕조의 혈통은 튜더 왕국에서는 사형선고나 다름이 없는 무용지물이 되었다.

플롯 시놉시스

1막 : 전쟁이 끝나고 평화로운 시대가 되었지만, 글로스터 공 리처드는 에드워드 4세가 왕위에 오른 것에 불만이었다. 그는 신체적인 불구였기 때문에 항상 열등감에 사로잡혀 있다. 그는 악인이 되어 악행을 저지르겠다고 결심한다. 그는 클래런스 공을 해칠 목적으로 'G'로 시작되는 이름을 가진 자가 에드워드의 후계자를 살해할 것이라는 유언비어를 날조해서 퍼뜨린다. 이 때문에 클래런스 공은 런던 탑에 갇힌다. 리처드는 헤이스팅스 공으로부터 왕이 중병에 걸린 사실을 알게 된다. 리처드는 왕권을 장악하기 위해 자객을 보내 클래런스를 살해한다.

리처드는 앤에게 구혼한다. 앤의 남편을 살해한 사람은 리처드였다. 앤의 남편 부친인 헨리 6세도 그가 살해했다. 그러나 리처드는 욕설을 퍼붓는 앤을 끝까지 설득해서 그녀에 대한 사랑 때문에 온갖 악행을 저지르게 되었다고 말한다. 앤은 설득당하고 그로부터 약혼 반지를 받아 곧 결혼이 가능해진다. 한편 궁정에서 리처드는 왕비와 리버스, 그의 아들 그레이 공과 말다툼하며 사이가 나빠진다. 리처드가 고용한 두 자객은 감옥에 갇힌 클래런스를 살해한다.

2막 : 중병에 걸린 에드워드는 왕실의 화평을 위해 마거릿 왕비와 그의 친척들이 헤이스팅스 공과 버킹엄 공작과의 우의를 다지도록 맹세를 받아낸다. 리처드도 외면적으로는 이런 화해 장면에 가담하지만 클래런스가 살해당했다는 소식은 왕실의 분위기를 어둡게 만든다.

에드워드 왕이 서거하자, 두 진영의 화평이 무너지고, 왕위는 어린 태자에게 계승된다. 리버스, 그레이 그리고 토머스 본 경이 웨일스로 가서 태자를 런던으로 모셔올 예정이었는데 도중에 이들은 리처드와 버킹엄에 의해 체포당한다. 에드워드 왕의 미망인인 엘리자베스 왕비와 리처드의 모친은 이 소식을 듣고 깜짝 놀라서 가족들과 함께 피난처에 숨는다.

3막 : 에드워드 왕자는 리처드와 버킹엄과 함께 런던에 도착하지만, 그는 형제 요크 공과 함께 런던 탑 감옥에 연금된다. 리처드와 버킹엄은 윌리엄 캐츠비를 헤이스팅스에게 보내, 만일에 리처드가 왕위에 오르면 헤이스팅스는 어떤 태도를 취할 것인지 그 반응을 알아본다. 헤이스팅스는 캐츠비에게 리처드가 왕권을 잡는다면 죽는 것이 낫겠다고 말한다. 스탠리 공은 헤이스팅스에게 리처드를 조심하라는 경고를 한다. 그러나 헤이스팅스는 그의 충고를 무시한다. 그날, 늦게, 런던 탑에서 회의가 개최되었을 때, 헤이스팅스는 리처드의 비난을 받고 형장에 끌려나간다. 그때 비로소 헤이스팅스는 스탠리의 경고가 옳았던 것을 깨닫는다. 리버스, 그레이, 본 등이 처형된다. 리처드는 서거한 에드워드 왕이 부도덕한 색한이라고 비난하면서 그의 자손들이 사생아라고 말한다. 태자는 평민이라고 주장한다. 이 때문에 런던 시민들과 런던 시장은 리처드만이 왕위에 오를 수 있다고 믿는다. 그는 왕위에 오른다.

4막 : 앤은 웨스트민스터로 가서 왕비가 된다. 리처드 왕은 버킹엄에게 두 왕자들을 런던 탑에서 살해하라고 명령한다. 그가 차지한 왕권에 대한 위협을 제거하기 위해서였다. 버킹엄은 그의 제의에 반대한다. 그는 리처드에 반기를 든 리치먼드 군에 합류하기로 결심한다. 왕자의 살해 임무는 티렐이 맡고, 앤 왕비 살해는 캐츠비가 맡는다. 이 일은 리처드가 지시한 대로 수행되었다. 두 왕자는 살해되고, 앤 왕비는 죽음을 당한다. 리치먼드 군대가 밀포드에 진주한다. 리처드는 보스워스 들판에서 결전을 준비한다. 버킹엄은 불운하게도 체포되어 처형되었다.

5막 : 결전을 앞둔 전날 밤, 리처드에게 희생된 한 많은 망령들이 리처드의 꿈자리에 나타난다. 이들 망령들은 리처드의 패배를 예언한다. 리처드는 끝까지 대항해서 싸우지만 결국 리치먼드와의 결투에서 살해된다. 리치먼드는 헨리 7세가 되어 왕위에 오르며, 요크 집안의 엘리자베스와 결혼해서 장미전쟁은 종막을 고하게 된다.

작품 평가

해럴드 블룸(Harold Bloom)이 편찬한 『셰익스피어 사극론』에는 로시스터(A.P. Rossister)가 쓴 명논문 「뿔 달린 천사 : 리처드 3세론」이 실려 있는데, 그는 이 작품의 플롯 전개를 다섯 부분으로 나누고 있다. 그의 분석은 이렇다.

첫 부분인 제1막은 다섯 주제를 다루고 있다. 리처드 자신, 구혼의 주제, 리처드와 적수들의 관계, 마거릿의 저주, 그리고 클래런스의 몰락과 죽음 등이다. 둘째 부분은 제2막과 제3막의 1장부터 4장이 된다. 이 부분에서 다루어지고 있는 주제는 에드워드 왕의 비효과적인 평화 중재, 리버스, 그레이, 그리고 본의 몰락, 왕자들에 대한 리처드의 공격적 행동 등이 된다. 세 번째 부분은 제3막 5장에서 제4막 3장을 차지한다. 이 부분의 중요한 내용은 글로스터와 버킹엄이 왕관을 노리는 계략이 된다. 앤이 왕비가 되고, 리처드의 왕자 살해 종용에 대한 버킹엄의 거절과 이 때문에 그에 대한 리처드의 반감과 살의의 표명도 중요하다. 엘리의 도주에 대한 리처드의 우려는 이 부분의 종막이 된다. 네 번째 부분은 제4막 4장에서부터 제5막 1장으로 연결되는 내용이 된다. 이 부분은 전에 다루어진 주제의 반복이 된다. 왕비의 긴 비탄의 장면, 마거릿의 저주의 반복, 구혼의 주제, 버킹엄의 인과응보, 리치먼드의 진군 소식, 리처드의 지도력이 동요의 빛을 보이는 내용이 중요 부분이 된다. 마지막 다섯 번째 부분은 보스워스 전장에서의 리처드의 몰락이 주요 내용이 된다. 꿈속에 나타난 망령들의 예언은 리처드가 과거에 저지른 죄를 상기시키고 있다.

〈리처드 3세〉는 로시스터가 결론적으로 지적했듯이 영국사 밑바닥에 흐르고 있는 두 신화의 갈등을 표현하고 있는 듯하다. 그 "두 역사적 신화"는 영국의 튜더 왕국의 신화가 되는데, 역사는 신이 지배하고 있으며, 세계는 신의 뜻에 의해서 신이 지향하는 궁극적인 질서와 완성의 길로 가고 있다는 사상이 된다. 셰익스피어는 〈리처드 3세〉를 집필할 때, 이런 입장을 택하고 있었다는 것이다. 또 다른 신화는 악마의 왕 리처드로 대변되는 잔혹한 르네상스적 욕망의 분출이라 할 수 있는데, 그것은 반도덕적이며 비양심적인 문명파괴적 충동이 된다. 셰익스피어의 사극에 대해 역사적이며 철학적인 해석을 시도하고 있는 틸리야드(E.M.W. Tillyard)도 셰익스피어가 이 작품을 쓰게 된 목적이 영국사에서 신의 뜻이 어떻게 작용하고 있었는가를 입증하기 위해서였다고 말하고 있다. 이 작품은 분명히 신의 징벌과 그리고 분열된 영국이 신의 뜻으로 재결합된 과정을 주제로 다루고 있다. 그러나 이 작품에서 우리가 깊이 생각해야 되는 더 큰 주제는 리처드 3세로 표현되는 악의 문제와 잔혹한 죽음의 악순환으로 인식된 역사의 개념이 된다.

셰익스피어는 리처드 3세를 플롯 전개의 중심인물로 내세워 왕권 장악의 과정과 비극적 몰락이라는 상승과 하강의 드라마를 치밀하게 구축하고 있다. 그래서 우리는 그의 파란 많은 생애가 더 큰 역사의 질서, 즉 신의 뜻이 구현되는 과정의 한 부분임을 인식하게 된다. 이 점에서 〈리처드 3세〉는 〈리어 왕〉이나 〈햄릿〉, 〈오셀로〉, 〈맥베스〉 등 선과 악의 투쟁을 묘사한 셰익스피어의 비극작품에 어떤 근원을 마련한 원형적 작품이 된다. 악의 화신은 리처드이고, 선은 정의로운 인과응보의 역할을 맡은 리치먼드가 대변하고 있다.

악의 이미지 또는 상징적 인물로서의 리처드는 그의 동기와 상징적 의미에 대해서 수많은 의문을 제기할 수 있다. 리처드는 맥베스처럼 왕권에 대한 끝없는 야망 때문에 잔혹한 살인 행위를 거듭한 인물인 가? 그의 신체적 불구와 인간 혐오증은 모든 잔학 행위의 원인이 되는 것인가? 그는 타인에게 군림함으로써 자신의 추악함과 소외감을 극복하고 있는가? 그는 미움을 사고 있기 때문에 반대로 모든 인간을 경멸하고 있는 것인가? 그는 인간 본연의 잔인성과 무분별한 지배욕을 상징하고 있는가? 그는 악독한 인물이기에 흉측한 몰골로 태어났는가?

르네상스 시대의 플라톤적 사상에 의하면 외관과 내용은 서로 상관관계에 있다. 절대적인 악과 절대적인 선은 서로 끝없는 투쟁을 벌이고 있다. 그래서 모든 인간의 행위와 사건은 신의 의미와 이유를 내포하고 있다. 리처드의 탄생도 신의 계획 속에 있다. 신은 영국사의 그 시점에서 리처드의 탄생을 명령한 것이다. 그의 외모와 마음은 이미 신에 의해서 예정되어 있었다. 리처드는 그의 운명대로 악의 사도가 되지만, 그 일도 신의 거룩한 목적의 일부분인 것이다. 그는 때로 〈오셀로〉의 이아고처럼, 또는 〈리어 왕〉의 에드먼드처럼 무동기의 악행을 서슴지 않는다. 그는 악행을 하도록 타고났기 때문이다. 콜리지(Coleridge)가 이아고의 성격에 대해서 말한 무동기의 악행(motiveless malignity)이다. 이런 해석은 리처드의 성격을 해명하는 데 도움을 주고, 장미전쟁이라는 기나긴 고난의 역사에 대한 해명이 되기도 한다. 문제는 극작가 셰익스피어이다. 그는 역사를 극으로 보았다. 역사를 연대기적 서술로 본 것이 아니라 인간의 상황으로 보았다. 그래서 그는 역사적 사실보다는 역사 속의 인간, 그 상황의 진실의 묘사에 충실하려고 노력했다. 셰익스피어는 얀 코트(Jan Kott)가 말한 대로 "역사를 극화하는 것이 아니라" 인간의 심리를 극화하고 있는 것이다. "역사의 극적인 밤"을 그려내고 있는 것이다.

〈리처드 3세〉에서 왕국 전체의 운명이 결정되는 성에서의 회의가 진행 중인 그런 밤의 시간은 보통의 일상적인 밤의 시간이 아니다. 오전 4시. 모두들 런던 탑에 모였다. 국가 최고의 권력자들이 탁자를 둘러싸고 한 자리에 모였다. 리처드가 왕으로 옹립되는 결정적인 밤의 시간이다. "육체로 느낄 수 있는 역사의 움직임"이요, 역사에 대한 설명적 요소, 에피소드, 스토리를 전부 제거하고, 인간의 운명이 결정되는 순간의 드라마, 그런 역사의 암흑을 상징하는 극적인 시간인 것이다. 극적인 시간이란 셰익스피어가 시도한 대로 역사의 긴 시간을 몇 장면 속에 압축하거나 몇 시간 속의 긴장감으로 표현하는 일이 된다.

자연의 질서가 파괴되고, 악은 악을 낳고, 복수를 낳고, 죄악은 또 다른 죄악을 부르는 잔혹한 밤, 칠흑 같은 불안과 공포의 밤에 잔혹한 음모와 살인이 저질러진다. 권력투쟁의 긴 역사의 밤이다. 그 밤에 수많은 사람들이 희생물로 제단에 오른다. 〈리처드 3세〉에 등장하는 인간들은 어떤 희생을 치렀는가.

왕 에드워드 4세는 헨리 6세를 퇴위시키고, 런던 탑에 유폐시켰다. 왕은 에드워드의 동생들인 리처드와 클래런스에 의해 살해당했다. 이 일이 발생하기 몇 개월 전에 튜크스베리에서 헨리 6세의 외아들이 리처드에 의해 살해당했다. 에드워드 4세의 아들은 리처드의 명령으로 12세 때 런던 탑에서 살해되었다. 에드워드 4세의 또 다른 아들 요크 공작 리처드도 10세 때 리처드의 명에 의하여 암살되었다. 에드워드 4세의 동생 클래런스 공작은 리처드가 보낸 자객에 의해 런던 탑에서 살해되었다. 클래런스의 아들은 리처드가 왕위에 오르자 즉시 투옥되었다. 클래런스의 딸은 어린 나이에 평민과 결혼시켜 후손이 왕위에 오르지 못하게 했다. 헨리 6세의 미망인인 마거릿의 경우, 그녀의 남편은 런던 탑에서 살해되고, 아들은 전쟁터에서 죽는다. 리처드 3세의 아내인 앤은 부친과 남편을 리처드에 의해 잃게 된다. 그녀의 의부마저 리처드에 의해 살해되고, 결혼 후 그녀는 런던 탑에 유폐당한다. 버킹엄은 리처드의 오른팔 역할을 한 심복이었지만, 리처드에 의해 살해된다. 왕비 엘리자베스의 동생 리버스 백작, 왕비의 아들 그레이 공도 리처드의 명령으로 처형된다. 헤이스팅스도 처형당한다. 그의 심복 암살자 티렐도 그에 의해 처형당한다. 이들은 모두 리처드에 의해 희생된 사람들이다. 리처드도 리치먼드에 의해 결국 보스워스 전투에서 살해당한다. 역사의 비극은 권력을 위해 숙이느냐, 죽느냐의 싸움에서 비롯된다. 셰익스피어 사극은 14세기 말에서 15세기 말에 이르기까지의 영국사의 정권 쟁탈전을 다루고 있는데, 그의 사극을 읽으면 우리는 역사의 비극이 인류가 발전하기 위해 지불하는 희생의 대가이고, 신의 섭리이며, 정의 실현의 방편이라는 헤겔 등이 주장하는 역사철학에 쉽게 동의할 수 없게 된다. 역사적 비극의 경우, 역사는 아무런 의미가 없이 정지하고 있다는 비관론에 우리는 쉽게 빠지게 된다.

역사는 잔혹한 악순환일 뿐이라는 생각을 어쩐지 떨쳐버릴 수 없다. 셰익스피어도 이런 역사관을 지니고 〈리처드 3세〉를 완성했을 것이다.

2) 헨리 4세 1부

〈헨리 4세 1부〉는 1598년 2월 25일 작품 등기소에 등록되었다. 가장 권위 있는 판본은 1598년에 간행된 첫 번째 쿼토판(the First Quarto)이다. 창작 시기는 〈윈저의 즐거운 아낙네들〉이 1597년 초에 집필되었기 때문에 1596년 후반기에 창작되었을 것이라는 주장이 가장 신빙성이 있다. 작품의 소재는 셰익스피어가 홀린셰드의 『Chronicles of England, Scotland and Ireland』(1587)와 새뮤얼 다니엘(Samuel Daniel)의 서사시 「The First Fowre Bookes of The Civile Wars between the two houses of Lancaster and York」(1595)에서 얻어왔다. 작가미상의 희곡인 「The Famous Victories of Henry V」(1594)에서 셰익스피어는 할 왕자의 도에 넘치는 난폭한 행동에 관한 부분을 참고로 했을 것이라는 주장도 있다. 이 작품 속에 존 올드캐슬(Sir John Oldcastle)이라는 이름을 지닌 인물이 등장하는데, 그는 폴스타프의 전신(前身)이 된다. 이 이름의 흔적이

〈헨리 4세 1부〉에도 나온다("my old lad of the castle", I, ii, 47).

플롯 시놉시스

1막 : 헨리 4세의 성지 원정은 그가 리처드 2세와 싸울 때 지원한 북방 귀족들의 불만을 해소할 때까지 연기할 수밖에 없다. 특히 왕에게 괴로운 존재는 홋스퍼이다. 홋스퍼는 홈던 전투에서 포로로 잡은 스코틀랜드 군인들을 헨리 왕에게 인도하는 일을 거부하고 있다. 웨일스의 영주 오웬 글렌다워는 에드먼드 모티머가 이끄는 영국 병사들을 최근에 격파하고 모티머를 포로로 잡고 있다. 헨리 왕을 괴롭히는 이런 사건들 외에도 왕자 할이 폴스타프 일당과 왕자의 신분을 잊고 놀아나는 추태가 또한 큰 걱정거리가 되고 있다. 헨리 왕은 홋스퍼에게 절대 양보하지 않는다. 왕은 그를 반역자로 지칭하고 있다. 홋스퍼는 헨리 왕에게 군사적 반란을 일으킨다. 홋스퍼는 부친인 노섬벌랜드와, 우스터, 리처드 스크루프, 요크 대주교, 오웬 글렌다워, 스코틀랜드군의 지도자 더글러스, 에드먼드 모티머 등의 지원군의 협력을 얻는 데 성공한다. 한편 왕자 할은 폴스타프와 여행자의 돈을 훔치는 도적행위를 모의한다.

2막 : 할 왕자와 폴스타프 일당은 모의한 대로 여행자들의 금전을 탈취한다. 할 왕자와 포인즈는 변장을 하고 일당 곁을 빠져나온다. 폴스타프 일당은 이스트치프 주막집에 모여서 영웅적 도적질을 자랑하고 술을 마신다. 폴스타프의 영웅담은 그 자리에 온 왕자 할의 폭로로 거짓임이 밝혀진다. 이들의 광란적인 술타령은 사신이 와서 왕자에게 반란 사건으로 왕실의 위급함을 알리사 끝이 난다. 2막은 폴스타프와 그 일행이 펼치는 희극적 행동이 주무대를 이룬다.

3막 : 반란군의 본부가 웨일스 북방에 설치된다. 이들 반란군은 헨리 왕에 대한 공격 준비를 서두르고 있다. 런던에 돌아온 할 왕자는 헨리 왕으로부터 심한 꾸중을 듣는다. 왕은 왕자를 홋스퍼와 비교해서 말한다. 할 왕자는 부왕에게 홋스퍼를 능가하는 전과를 올릴 것을 맹세한다. 할 왕자는 왕군의 일부를 지휘한다. 폴스타프도 왕자를 따라 종군한다.

4막 : 웨스트모어랜드, 랭카스터, 왕자 할에 의해 통솔된 왕실 군대가 반란군의 진지인 슈루즈베리로 향해 진군한다. 그곳에서 노섬벌랜드와 글렌다워에게 버림받은 홋스퍼는 왕실 군대와 싸우기 위해서 임전태세를 갖추고 있다. 요크 대주교는 반란군이 승산이 없다는 것을 눈치채고 헨리 왕을 만나러 간다.

5막 : 헨리 왕은 반란군이 무장을 해제하고 해산하면 사면할 것을 약속한다. 헨리 왕이 반란군을 의심한다고 생각한 우스터는 헨리 왕의 관대한 조건을 감추고 홋스퍼에게 헨리 왕이 완강한 자세로 양보하지 않는다고 보고한다. 홋스퍼는 이 소식을 접하자 즉각 전투에 나선다. 할 왕자는 홋스퍼에게 단독 결투를 요구한다. 전투 중에 왕자 할은 부왕을 더글러스의 수중에서 구출하고 홋스퍼를 살해한다. 폴스타프는 죽은 척하고 전쟁터에 누워 있다가 자신이 홋스퍼를 살해했다고 거짓말을 한다. 우스터와 버논은 체포되어 처형된다. 더글러스는 왕자 할이 사면해서 석방한다. 헨리 왕은 왕자 존을 보내 요크 대주교와 노섬벌랜드 토벌 작전에 참전토록 한다. 헨리 왕과 왕자 할은 합세해서 오웬 글렌다워군을 토벌하기 위해서 웨일스로 행진한다.

작품 평가

〈헨리 4세 1부〉는 "왕자의 교육", "우울한 왕실", "홋스퍼의 반란" 또는 "폴스타프"라는 부제가 붙는 작품이다. 이 작품의 역사적인 배경은 32세의 나이로 1399년 사촌인 리처드 2세의 왕관을 탈취한 랭카스터의 헨리가 1413년 자연사할 때까지의 왕국의 통치 상황이다. 셰익스피어가 묘사한 헨리 왕은 평생 왕관의 탈취를 고통스럽게 생각하며 지내고 있다. 실제로 헨리 4세의 말기 5년간은 국내적으로 평온한 시기였던 반면, 왕위에 오른 초기 8년 동안은 소란스러운 통치 시기였다. 1400년부터 1408년까지 웨일스는 해마다 여름이면 반란을 일으켰다. 이 시기 동안에 여러 모양의 반란 사건이 국내적으로 발생했다. 그러나 1409년 헨리 왕과 할 왕자의 노력으로 국내 사정이 안정되었다.

헨리 4세, 즉 볼링브로크의 헨리는 에드워드 3세의 세 번째 아들인 랭카스터 공작 곤트의 존이 첫 결혼에서 얻은 유일한 자손이었다. 그는 국내외적으로 명성을 떨친 현군으로 평가되고 있다. 그는 정력적이고 학식이 풍부하며, 경건한 생활을 하고 있었기 때문에 국민들의 신임을 얻었다.

노섬벌랜드와 그의 아들 홋스퍼는 영국 북방 최대의 영주로서 1399년 7월 유랑에서 영국으로 귀환한 볼링브로크가 왕권을 장악하도록 만든 공신들이었다. 그들은 막강한 군사력과 조직력 그리고 재정으로 웨일스에서 리처드 2세를 생포하고, 볼링브로크를 헨리 4세로 왕위에 오르게 한 공로자들이었다. 이들의 공로를 치하해서 헨리 왕은 막대한 수입, 광활한 토지, 풍부한 직책을 이들에게 하사했다. 그러나 1403년 이들은 헨리 왕에 대한 반란을 모의하게 되었다. 그 정확한 이유에 대해서는 사학자들 사이의 논란의 대상이 되고 있을 뿐, 확실한 원인을 알 수 없다. 그 원인 가운데 한 가지가 〈헨리 4세 1부〉에서 다루어지고 있는 스코틀랜드 군인 포로 문제이다. 포로 송환 문제로 퍼시 일가와 헨리 왕은 대립하고 있었다. 홋스퍼의 의형제인 에드먼드 모티머를 리처드 2세의 법적 왕권 계승자로 홋스퍼가 지목하고 있는데, 모티머가 웨일스 반군에 의해 체포되었을 때, 헨리 왕은 그의 석방금을 지불하지 않아 홋스퍼를 격노하게 만들었다. 이 때문에 생긴 불화의 원인도 이 작품에서 다루어지고 있다. 이 밖에도 왕권 탈취의 법적 정당성 시비, 금전상의 불화 등이 겹쳐서 두 집안의 반목이 심화되었는데, 셰익스피어는 두 집안의 주장을 작품 속에 공평하게 다루고 있다.

1403년 초여름 체셔에서 반란의 군사 작전이 시작된 이래로 7월 21일 슈루즈베리 북방 2마일에서 발생한 전투는 길고도 처참한 것이었다. 부상자는 속출했다. 왕실 군대 양 진영의 한쪽은 할 왕자의 지휘하에 있었고, 또 다른 쪽은 스태퍼드 백작이 지휘하고 있었는데, 그는 전사했다. 할 왕자도 얼굴에 화살의 상처를 입었지만 용감하게 싸웠다. 홋스퍼와 더글러스는 헨리 왕을 살해하려는 작전을 폈다. 이 작전은 성공하지 못하고 홋스퍼의 근위병들만 죽음을 당했다. 결국 우스터, 버논, 더글러스는 체포되고, 홋스퍼는 살해당했다. 셰익스피어 작품에서는 할 왕자가 죽인 것으로 되어 있지만 누가 죽였는지 역사는 밝히지 못하고 있다. 반군들은 도주했다. 전투가 끝나자 더글러스는 포로가 되었다. 1408년 그의 용맹성이 평가되어 할 왕자는 그를 석방했다. 우스터와 버논은 반역죄로 즉시 처형되었다. 홋스퍼 등의 시체는 그 당시 관습대로 광장 거리에 전시되었다.

3) 헨리 4세 2부

〈헨리 4세 2부〉는 1600년 8월 23일에 작품 등기소에 등록되었다. 같은 해에 쿼토판이 발행되었다. 같은 해에 이 텍스트는 초판에 삭제되었던 3막 1장이 추가되어 다시 간행되었다. 이 작품은 1623년 첫 번째 폴리오판이 발행될 때까지 더 이상 간행되지 않았다. 1600년의 쿼토판은 양질의 것이다.

폴스타프의 인기가 대단했던 〈헨리 4세 1부〉의 성공 때문에 셰익스피어는 두 작품이 무대 위에서 24시간 내에 연속되는 드라마가 되도록 2부를 쓰기 시작했다. 셰익스피어가 1597년 봄에 쓰인 〈윈저의 즐거운 아낙네들〉 이전에 2부를 썼다면, 이 작품은 1596년이나 1597년 초에 집필되었을 것이다. 2부는 에식스 경의 추종자였던 찰스 퍼시 경(Sir Charles Percy)이 1600년에 쓴 편지 속에 언급되고 있다. 이 작품의 소재는 1부의 경우와도 같다. 그러나 셰익스피어는 역사적 사실과 폴스타프의 가공적인 이야기를 교묘하게 혼합시키고 있다.

플롯 시놉시스

1막 : 프롤로그는 1부와 2부를 연결시키는 기능을 하고 있다. 사신이 등장해서 홋스퍼의 죽음을 알리고, 반란이 진압된 사실도 전하고, 노섬벌랜드는 왕실 군대가 그에게 진격해 온다는 소식을 접하고, 요크 대주교와 연합전선을 펼치려고 한다. 폴스타프는 주막에서 동료들과 이별주를 마신다. 왕의 특명으로 노섬벌랜드의 군대에 대항할 지원병을 뽑는 일을 수행하기 위해서다.

2막 : 폴스타프는 왕의 특명을 수행하기가 어려워진다. 주막집 주인인 퀴클리가 그에게 빌려준 돈을 갚으라는 소송을 폴스타프에게 제기했기 때문이다. 그러나 폴스타프는 그녀를 설득해서 더 많은 돈을 빌리고, 저녁 초대까지 받는 데 성공한다. 할 왕자와 포인즈는 그의 정체를 규명하기 위해서 웨이터로 변장을 하고 주막집에 들어간다. 이들은 폴스타프가 할 왕자를 비방하는 소리를 직접 엿듣는다. 나중에 자신들의 정체를 폴스타프에게 밝히자, 폴스타프는 나쁜 놈들이 왕자를 끌어들이지 않도록 하기 위해서 왕자 험담을 했으며, 이 모든 일은 왕자를 보호하기 위한 우정 때문이라고 말한다. 이들의 주막 파티는 북방 반란군 소탕전에 모두 호출되었기 때문에 갑자기 중단된다.

3막 : 웨스트민스터 궁전에서 왕은 워릭과 서리에게 자신의 근심 걱정, 불안감, 그리고 그의 신체적 불편함을 토로한다. 리처드 2세를 옥좌에서 밀어낸 일이 계속 그를 괴롭힌다. 글로스터셔에 도착한 폴스타프는 섈로 판사 댁에 머물면서 태평세월을 보내고 있으며, 왕실 군대를 위한 모병 업무를 보고 있다.

4막 : 요크셔에 있는 반란군 진영이다. 요크 대주교와 모브레이는 노섬벌랜드 군대가 그들의 군대와 합류하는 데 실패한 것을 알게 된다. 웨스트모어랜드는 건의문을 작성해서 랭카스터의 존에게 보낸다. 존은 그들의 건의문을 받아들이고 조속한 시일 내에 시정할 것이라고 약속한다. 반란군은 휴전이 성사되어 그들의 군대를 해산한다. 그러나 이들은 휴전 약속을 어긴 왕자에 의해 체포되고, 처형된다. 병든 왕은 왕자의 기만 행위에 관한 소식과, 그리고 노섬벌랜드 군대의 패배 소식을 접한다. 왕은 혼수상태에 빠진다. 이떼, 앙자 할은 그가 죽은 줄

착각하고 왕관을 자신의 머리에 얹어놓는다. 왕이 갑작스럽게 깨어난다. 그는 처음에 아들의 행위를 의심하지만 곧 화해하고 예루살렘 방에 자신을 안치하라고 말한다. 왕은 성지 원정의 성업을 완수하지 못하고 서거한다.

5막 : 왕자 할은 헨리 5세가 되었다. 폴스타프는 급히 궁전으로 향한다. 왕은 폴스타프를 따뜻하게 응대하지 않는다. 거만하고, 위엄 있는 왕은 "나는 그대를 모른다"라고 문전 박대하면서 폴스타프와 그의 일당들의 추방을 명하고 폴스타프를 체포한다. 헨리 5세는 의회를 열어 프랑스 침공에 관한 대책을 세운다. 성공적인 프랑스 정벌은 헨리 5세를 영국사에 길이 남는 영웅적인 제왕으로 찬양받게 만들었다.

작품 평가

〈헨리 4세〉 1 · 2부의 구조적 특징은 정치 관계의 진지한 장면과 희극적인 일상적 생활 장면이 서로 교차되면서 서민 생활 속에서의 자유와 반항이 왕실 가족 간의 음모와 반란으로 대조를 이루면서 구성된 점이라 할 수 있다. 1부 1막 1장은 왕실과 반대파의 전쟁을 예고하고 있다. 1부 1막 2장은 폴스타프 일당이 개즈힐에서 저지르는 도적질의 모의를 다루고 있다. 이와 비슷한 예로서 2부를 보면, 영국 북방지역의 반란 사건으로 서막이 시작되는데, 다른 한편에서는 주막집에서 폴스타프에 대한 할 왕자의 반항이 시작된다. 셰익스피어는 폴스타프를 때로는 최악의 인물로 묘사하지만 근본적으로는 그가 정직한 사람이라는 성격을 확실하게 부각하고 있다. 이것이 폴스타프의 이중적 성격이다. 할 왕자는 왕자요, 인금이다. 그는 명예로운 인간이요, 능력과 지성을 갖춘 인간이요, 폴스타프를 한때 따라다녔던 자유인이었다. 그러나 결국은 간교한 정치가요, 위선자가 되었다. 극적 상황의 이중성은 인물의 성격적인 이중성을 바닥에 깔고 갈등 구조를 만들고 있다. 1부와 2부의 작품 분석에서 우리는 이 점을 중시해야 한다. 이것이 작품 해석의 초점이다.

2부에 묘사된 역사적 사건은 치밀한 체계를 이루고 있지 않다. 셰익스피어는 왕에 대한 노섬벌랜드의 북방 반란 사건을 마키아벨리적인 존 왕자를 주축으로 그리고 있으면서, 동시에 이 사건을 1569년 엘리자베스 여왕에 대한 북방 가톨릭교도들의 반란과 비교하고 있다. 이런 사건의 유사성이 당시 관객들을 즐겁게 만들고 있었다. 2부에서 중요한 부분은 폴스타프의 부인(否認)과 배척이다. 이 부분을 준비하기 위해서 셰익스피어는 치밀하게 작품 초반에서 폴스타프의 위신을 떨어뜨리고 그를 사기꾼이며 주정뱅이 색한으로 만들고 있다. 그러나 희극적인 폴스타프의 성격 창조는 2부에서도 놀라운 성과를 거두고 있다. 관객들은 그를 보고 웃고, 또 웃는다. 너무나 재미있는 폴스타프 때문에 웃음은 폭발적이다. 그 웃음이 그의 추방을 감싸고 있다. 즐거운 할 왕자 대신, 2부에서는 그의 단짝인 피스톨이 등장한다. 정부인 돌 티어시트도 그의 동반자이다. 어리석고 이기적이고 부패한 샐로 판사는 과장된 폴스타프처럼 창조되고 있어서 폴스타프와 대조를 이루면서 이 작품의 희극적 효과를 배가시키고 있다. 5막 4장에서는 폴스타프의 두 동료가 범죄자로 낙인 찍히는 수모를 폴스타프 자신이 감내해야 한다.

셰익스피어의 비극에는 햄릿이 있다. 셰익스피어의 희극에는 샤일록이 있다. 그의 사극에는 누가 있는가. 우리는 폴스타프가 있다고 말할 수 있다. 폴스타프에게 붙여진 별명만 봐도 그가 어떤 사람인지 알 것만 같다. 악한, 기생충, 바보, 허풍선이, 군인, 타락한 폭식가, 색한, 거짓말쟁이, 겁쟁이 등이다. 새뮤얼 존슨(Dr. Samuel Johnson)은 그를 "존경할 만한 것이 하나도 없는 인간"이라고 말했고, 조지 버나드 쇼(George Bernard Shaw)는 그를 "얼빠진 못난 늙은이"라고 말했다. 그러나 오스카 와일드(Oscar Wilde)는 그를 "광범위한 총체적 의식"의 소유자라고 격찬했다. 나는 그의 의견에 동의한다. 그는 우리를 웃기지만, 자신은 눈물을 흘리고 있는지도 모른다. 아니면, 그는 시종 너털웃음을 발산하고 있지만 우리는 웃으면서도 사실은 울고 있는지도 모른다. 시인 오든(W.H. Auden)은 그에 대해서 날카롭고도 의미심장한 말을 하고 있다. "폴스타프는 초월적인 자비의 질서에 속하는 희극의 상징"이다. 폴스타프의 매력은 그를 통해 셰익스피어가 우리 모두를 포용하고 있다는 사실 때문이다. 우리는 폴스타프를 감싸지 못할 것 같다. 그는 아비규환 지상에 내려온 구세주인가라는 생각이 들 때도 있다. 할 왕자가 그를 부인할 때도 그는 왕자를 사랑했다. "어째서 폴스타프는 희극에 등장하지 않고 사극에 등장했는가?" 헤롤드 블룸은 그의 「셰익스피어 사극론」서론에서 이런 의문을 제기하고 있다. 그의 답변은 작중인물에게 무한한 자유를 주기 위해서라는 것이다. 비극과 희극에서는 폴스타프 같은 인물이 자유로운 행동을 할 수 없다는 것이다. 사극은 왕이나 귀족들에게는 자유로운 장르가 되지 못하지만, 폴스타프 같은 희극적 인물에게는 가능하다는 것이다. 어떻게, 그리고 왜 그것이 가능한가? 헤롤드 블룸은 답변하고 있다. "폴스타프는 자신이 아버지요, 어머니인 것이다. 얼떨결에 그는 지혜 덩어리로 태어났다. 그는 관객만 원한다. 이것이 그의 이상이다. 그 관객을 그는 언제나 소유하고 있다." 헨리 5세가 된 할 왕자가 필요한 것은 그를 추종하는 사람들뿐이다. 폴스타프는 추종자가 될 수는 없는 성격의 인물이다. 폴스타프는 상류계급 사람들을 우롱하고 그들의 악을 폭로하고, 겁을 주면서, 하류계급 사람들의 온정에 기대며 살아간다. 그래서 하류계급 사람들은 그를 좋아한다. 그가 무대에 나타나면 환호성을 지른다. 그래서 드라이든(Dryden)은 그를 "최고의 희극적 인물"이라고 말했다. 낭만주의 비평의 선구자인 모건(Maurice Morgann)은 1777년에 「폴스타프의 성격론」을 발표했는데, 그는 폴스타프가 정직하고 용감한 인물이라고 주장하고 있다. 모건의 긍정적 성격론은 19세기 폴스타프론의 주조를 이루었다. 그의 영향을 받은 브래들리(A.C. Bradley)는 그의 논문 「폴스타프의 배척(Oxford Lectures on Poetry)」(1909)에서 폴스타프의 존재는 "유머에서 얻어진 자유의 축복"이라고 말하고 있다.

도버 윌슨(Dover Wilson)은 1943년 『폴스타프의 운명』을 출간해서 역사비평의 입장(E. E. Stoll의 「폴스타프론(Shakespeare Studies)」(1927)은 이 학파의 대표적 논문임)을 옹호했다. 그에 의하면 폴스타프는 중세 도덕극의 악의 상징을 발전시켜 표현하고 있다는 것이다. 엘리자베스 시대 관객들은 폴스타프를 도덕적 가치 기준의 맥락에서 받아들이고 있었다는 것이 윌슨의 주장이었다.

〈헨리 4세〉(2부작)는 셰익스피어 사극 가운데서 가장 학문적인 연구 분석이 활발했던 작품이다. 지난 400년 동안 진행된 이 작품의 쟁점 가운데서 가장 두드러진 주제가 폴스타프의 성격론이다. 그 밖에도 성격 연구의 중요 대상은 홋스퍼와 할 왕지가 된다. 〈헨리 4세〉(2부작)와 타

역사극과의 비교, 역사적 사실과 희곡적 상상력, 작품의 구성 문제, 역사와 희극의 혼합적 구성의 문제, 할 왕자의 폴스타프 배척의 의미 등도 중요한 연구대상이 된다. 20세기에 들어와서 신비평주의(New Criticism)을 주창한 클리언스 브룩스(Cleanth Brooks), 로버트 헤일만(Robert Heilman), 엘리스 퍼머(Ellis Fermor), 트라버시(T.A. Traversi) 등과 셰익스피어 학자들은 역사학파의 이론에 이의를 제기하게 되었다. 이들은 〈헨리 4세〉(2부작)의 중심적 갈등 구조와 미덕, 선악, 허영심, 정치적 권위 등의 주제보다는 할 왕자의 개혁 의지와 이상적인 군주가 되려는 생각, 그리고 이 같은 욕망이 타 인물과 극적 상황에 미치는 영향이 무엇인가라는 주제가 더 중요하다고 말하고 있다. 역사학파의 주장에 반론을 제기한 두 사람의 비평가는 고다드(Harikd C. Goddard)와 헤밍웨이(Samuel B. Hemingway)이다. 전자는 낭만주의파와 반낭만주의파의 연구를 종합해서 셰익스피어는 두 사람의 할 왕자와 두 사람의 폴스타프를 창조했다고 주장하기에 이르렀고, 후자의 경우는 모건과 브라들리를 스톨과 도버 윌슨의 접근방법에 결합시키는 공적을 남겼다. 최근의 연구 방향은 틸리야드나 윌슨의 역사학파에서 벗어나서 희곡의 구조와 언어적 요소를 고찰하는 일에 집중하고 있는 것이 특징이다. 포터(Joseph Porter)나 펫처(Edward Pechter) 등이 이 같은 연구의 주류를 이루고 있다.[이들의 연구 성과를 고찰하기 위해서는 다음의 저작물을 참고하면 될 것이다. Joseph A. Porter, "'1 Henry IV'"와 "'2 Henry IV'", The Drama of Speech Acts: Shakespeare's Lancastrian Tetralogy, University of California Press, 1979: Edward Pechter, "Falsifying Men's Hopes: The Ending of 'Henry IV', in Modern Language Quarterly, Vol. 41, No 3,

4) 헨리 5세

〈헨리 5세〉는 1600년 8월 4일 작품 등기소에 인쇄업자 제임스 로버츠(James Roberts)에 의해 등록되었다. 1600년 첫 쿼토판이 발행되었을 때도 이 작품은 그 속에 수록되었다. 창작 연월일은 작품 속에 기록된 에식스 경의 아일랜드 토벌 때문에(5막 프롤로그 30~34) 정확성을 기할 수 있다. 에식스 경은 런던을 1599년 3월 27일에 출발했다. 그는 더블린을 4월에 도착했으며, 같은 해 9월 28일 토벌 작전에 실패하고 런던으로 귀환했다. 그러기 때문에 셰익스피어는 이 작품을 1599년 3월 27일에서 9월 28일 사이에 집필했을 것이다. 헨리 5세(1387~1422)는 1413년에 왕위에 올랐다. 셰익스피어는 1587년 판 홀린셰드의 연대기에서 그소재를 얻어왔다. 〈헨리 5세의 유명한 승리〉라는 무명작가에 의한 희곡 작품이 등록된 것은 1594년 5월 14일이니 셰익스피어가 이 작품을 참고로 했을 것이라고 추측할 수 있다.

플롯 시놉시스

1막 : 헨리 왕은 선왕의 경우와 마찬가지로 국내의 소요를 막으려면 해외 원정의 수단밖에 없다고 생각한다. 캔터베리 대주교의 재정적 지원 약속은 헨리 왕에게는 큰 힘이 되었다. 대주교는 왕에게 프랑스가 영국의 영유권을 무시하는 것은 처가 쪽의 영토 소유권의 양도를 금지하는 살리크 법(Salic Law) 때문이라고 일러준다. 대주교는 영토 소유권을 주장할 것을 왕에게 종용한다. 왕은 프랑스로 원정의 길을 떠나겠다고 공언한다. 한편 프랑스 대사는 영국 왕에게 모욕적인 선물을 한다. 이 일 때문에 영국 왕은 격노한다.

2막 : 런던 시내의 길이다. 바돌프와 피스톨은 님 하사를 사귀게 된다. 님 하사는 퀴클리와 연관된 사랑싸움에 휘말리게 된다. 피스톨은 현재 퀴클리와 부부관계이다. 한 소년이 와서 폴스타프가 중병을 앓고 있다면서 퀴클리를 찾는다고 전한다. 피스톨과 님 하사는 화해를 하고, 바돌프와 함께 군에 입대해서 프랑스로 떠나겠다고 말한다. 퀴클리는 이들을 데리고 폴스타프한테로 간다. 폴스타프는 왕의 문전박대 때문에 상심하고 열병을 앓으며 죽어가고 있다.

사우샘프턴에서 왕은 세 궁신들 ― 케임브리지 백작, 스크루프 공, 토머스 그레이 공 ― 과 대화를 나눈다. 이들은 프랑스와 내통하면서 왕을 살해하는 음모를 꾸미고 있다. 왕은 이들의 체포를 명한다. 헨리 왕은 이들에게 사형선고를 한다. 피스톨과 님 하사와 바돌프는 폴스타프의 죽음을 슬퍼한다. 프랑스 궁정에서는 영국 왕의 군세를 과소평가하고 있다. 이때 엑서터 공작이 도착해서 헨리 왕이 찰스 왕의 퇴위를 요구하고 있다고 전한다.

3막 : 찰스 왕은 헨리 왕의 감정을 누그러뜨리기 위해서 영토의 할양과 자신의 딸 카트린을 왕비로 삼을 것을 사신을 통해 알리지만, 영국 왕은 이에 동의하지 않고 프랑스 정벌의 항해를 시작한다. 영국군은 프랑스 땅 아르플뢰르를 포위한다. 그는 아르플뢰르 시장에게 도시를 초토화하겠다고 위협한다. 시장은 프랑스 왕의 지원이 불가능하다고 판단해서 항복한다. 영국군은 칼레로 진군한다. 아쟁쿠르 근교에서 프랑스군은 결전의 준비를 하고 있다. 프랑스군은 여전히 영국군의 전력을 과소평가하고 있다.

4막 : 헨리 왕은 전투 전날 밤, 군의 사기 진작을 위해 진영 내 막사를 순시하고 있다. 변장을 한 헨리 왕은 수많은 병사들과 대화를 나누면서 왕의 책임이 막중하다는 것을 통감한다. 그는 신에게 가호를 빈다. 그는 병사들에게 비록 병력은 열세지만, 승리의 영광과 보상은 크다는 것을 역설한다. 승리하면, 이들 병사들의 명예는 영국사에 길이 남을 것이라고 그는 웅변으로 강조한다.

왕의 순시와 격려는 효과적이었다. 전투에서 프랑스군은 사기가 떨어져 후퇴하면서 전열이 흐트러졌다. 헨리 왕은 전과에는 만족했지만, 충신 서퍽과 요크를 잃은 것을 몹시 슬퍼했다. 프랑스군은 다시 한번 반격해왔지만, 영국군은 이들을 용감하게 격퇴했다. 프랑스군은 귀족들을 포함해서 1만 명이 전사했고, 영국군은 29명의 사망자가 나왔을 뿐이었다. 헨리 왕은 신의 가호에 감사했다. 영국군은 칼레로 향해 진군하며, 개선의 날을 기다리고 있었다.

5막 : 헨리 왕은 의기양양하게 영국으로 귀환했다. 그는 다시 프랑스로 가서 샤를 6세와 평화 회담을 가졌다. 평화회담의 조건 가운데 하나가 공주 카트린과의 결혼이었다. 헨리 왕은 그녀의 손을 잡고 백년가약을 맺었다. 헨리 왕은 프랑스 왕의 후계자로 지명되었다.

작품 〈헨리 5세〉는 헨리 왕의 성공적인 치세와 생애를 요약하면서 대단원의 막을 내린다.

작품 평가

〈헨리 5세〉로서 셰익스피어는 플랜태저넷 왕조에서 튜더 왕조에 이르는 1백 년간의 역사극 집필을 종결지었다. 셰익스피어는 역사극을 통해 런던 시민들에게 이상적인 군주의 모습이 어떤 것인지 보여주었을 뿐만 아니라, 역사란 무엇인가라는 근원적인 문제에 대해서도 깊은 생각을 하도록 만들어주었다. 헨리 4세는 강한 군주였다. 그러나 그는 법통을 이은 왕이 되지 못했다. 리처드 2세는 법통을 이은 군주였지만, 강력한 왕이 되지 못했다. 헨리 5세는 현군이었고, 민주적인 군주였으며, 국민들이 숭상하는 이상적인 왕이었다. 그러나 한 가지 풀리지 않는 헨리 왕의 문제점은 왕자 시절의 동료들을 왕위에 오른 후에는 잔혹하게 추방했다는 사실이다. 그렇기 때문에 19세기 이후 현대에 이르기까지 〈헨리 5세〉의 핵심적인 논제는 헨리 왕의 성격 문제였다. 학자들은 헨리 왕이 이상적인 군주인지, 아니면 마키아벨리적인 위선적인 정치인인지, 이 문제를 놓고 수많은 논쟁을 펼치고 있다.

19세기에서 20세기에 걸쳐, 저명한 셰익스피어 학자들은 헨리 왕의 성격 규정 이외에도, 전쟁, 정치, 통치, 국민적 화합, 영웅주의, 감성과 이성의 갈등, 신하와 임금의 이상적 관계, 질서와 조화, 애국심, 코러스의 기능, 폴스타프의 죽음, 서사적 기법, 대주교의 프랑스 침공 이유, 헨리 왕의 결혼, 희극적 요소, 구성과 스타일의 문제, 플루엘렌의 성격 창조, 프랑스 귀족들의 문제 등이 중요한 연구 주제가 되었다.

헨리 왕의 성격에 관해서는 1947년에 발표된 윌슨(John Dover Wilson)의 논문(An Introduction to King Henry V by William Shakespeare, edited by John Dover Wilson, Cambridge at the University Press, 1947, pp.vii–xlvii 참조)이 도움이

될 것이다. 윌슨은 헨리 왕을 영웅적인 군주로 평가하고 있다. 그러나 찰턴(H.B. Charlton)은 1929년의 강연에서, 셰익스피어가 묘사한 헨리 5세는 〈헨리 4세〉 1부와 2부에서 묘사된 왕의 모습과 흡사하다고 지적하면서, 헨리 5세의 성격은 공적인 인간 헨리 왕과 사적인 인간 헨리로 분열되고 있다고 말했다. 이 때문에 헨리 왕의 행동에는 때로 이율배반적인 모순이 발생하고 있다는 것이다. 찰턴은 "정치 생활에서 좋은 것은 도덕적 생활에서는 정반대의 것이 된다"고 말하면서 헨리 왕이 이 경우에 해당된다고 말했다. 그러나 수많은 20세기의 셰익스피어 학자들은 헨리 5세야말로 셰익스피어가 몽상하고 있는 이상적인 군주라는 결론을 내리고 있다. 이와는 반대되는 의견으로서 브라들리는 헨리 5세가 겸손, 신중, 웅변, 탁월한 지도력 등 이상적인 군주로서의 미덕을 갖추고는 있지만, 이기심 때문에 자비심이 부족하다는 점을 지적하고 있다. 해즐릿(William Hazlitt)의 주장도 그의 견해와 비슷하다. 그는 헨리 5세를 "사랑스러운 악마"라고 말하면서 헨리 왕의 성격을 부정적으로 평가하고 있다(William Hazlitt, 'Henry V', Characters of Shakespeare's Plays, 1817, Reprint by J. M. Dent & Sons Ltd., 1906, pp. 156–64). 나는 헨리 5세와 같은 복합적인 성격의 인물을 분석하는 경우에는 다원적인 측면에서의 종합적인 접근 방식이 필요하다고 생각한다. 셰익스피어의 주인공들은 모두가 다양한 심리와 외양(外樣)을 지니고 있기 때문이다.

반 도렌(Van Doren), 짐바도(Zimbardo), 비커스(Vickers) 등 현대의 셰익스피어 학자들은 이 작품의 언어적 요소를 면밀하게 연구한 학자들이다. 이들은 희곡의 구조, 서사적 요소와 희극적 요소의 혼합 문제 등을 집중적으로 연구해서 새로운 해석의 지평을 열었다. 그랜빌바커

(Granville-Barker)는 이 작품에서 사용되고 있는 코러스의 기능에 관해 우수한 연구 성과를 올렸는가 하면, 체임버(E.K. Chamber)는 이 작품에 표현된 전쟁과 애국심에 관해서 탁월한 연구 성과를 올렸다(E. K. Chambers, "Henry the Fifth'," Shakespeare: A Survey, 1925. Reprint by Hill and Wang, 1959, pp.136-145).

이태주

연도	윌리엄 셰익스피어	시대 배경
1564 (0세)	4월 23일 출생. 4월 26일, 존과 메리의 장남으로서 세례 받음.	C. 말로 탄생. 갈릴레오 탄생. 미켈란젤로 사망.
1565 (1세)	7월 4일 존, 스트랫퍼드 시참사위원(alderman)으로 피선(被選). 9월 12일 임명.	『지혜의 보고』의 저자 프랜시스 미아즈 탄생.
1566 (2세)	10월 13일, 존과 메리의 차남 길버트 세례.	해군대신극단 대표배우 에드워드 아렌 탄생.
1568 (4세)	9월 4일 존, 스트랫퍼드 시장(bailiff)에 선출됨.	메리 스튜어트 폐위. 영국에서 유폐됨.
1569 (5세)	4월 15일, 존과 메리의 다섯 번째 아이 조앤(Joan) 세례.	여왕극단, 우스터백작극단 스트랫퍼드에서 공연.
1571 (7세)	이즈음 윌리엄은 문법학교 킹즈 뉴 칼리지에 입학. 9월 28일 4녀 앤 세례 받음.	윌리엄 세실 경, 벌리 경이 됨.
1574 (10세)	3월 11일, 존과 메리의 일곱째 아이 리처드 세례. 전염병으로 런던 공연 금지.	5월 10일 레스터경극단이 왕실의 후원을 받음.
1575 (11세)	존, 스트랫퍼드에 정원과 과수원이 있는 두 채의 집을 40파운드로 구입. 윌리엄은 아마도 케닐워스의 축제를 봤을 것이다. 〈한여름 밤의 꿈〉에 반영되어 있다.	7월, 엘리자베스 여왕, 케닐워스 성 방문.
1576 (12세)	존, 문장(紋章) 허가 신청. 이때부터 존은 마을 의회 결석이 잦음. 군비 의연금도 미납.	제임스 버비지의 상설극장 '시어터(The Theatre)'가 쇼어디치에 건립됨.
1577 (13세)	존, 이때부터 재정적 어려움 때문에 공식회의 불참.	커튼극장 건립. 홀린셰드, 『연대기』 초판 발행.
1578 (14세)	11월 14일, 존은 부인의 유산 일부인 윌름코트의 집과 토지를 담보로 의형 에드먼드 란바트의 돈 40파운드 차입.	8월 24일, 존 스톡우드가 설교 중에 극장 비난.

연도	윌리엄 셰익스피어	시대 배경
1579 (15세)	4월 4일, 4녀 앤 매장. 존, 스니타필드의 토지를 4파운드에 매각.	노스 역 『플루타르크영웅전』 출판. 존 플레처 탄생.
1580 (16세)	5월 3일, 5남(여덟 번째 아이) 에드먼드 세례. 존, 치안유지법 위반으로 20파운드의 벌금 지불.	『영국연대기』 출판.
1581 (17세)	8월 3일, 랭커셔에 사는 알렉산더 호턴의 유언장에 '배우 윌리엄 셰익스피어'에게 연금 2파운드를 남긴다는 기록이 있음. 윌리엄의 이름이 최초로 문서에 기록.	10월, 6세의 헨리 리즐리가 3대째의 사우샘프턴 백작이 됨.
1582 (18세)	11월 27일, 윌리엄, 8세 연상의 앤 해서웨이와 결혼.	버클레이경극단, 스트랫퍼드에서 공연. 에든버러대학 창립
1583 (19세)	5월 26일, 윌리엄과 앤의 장녀 수재나 세례.	옥스퍼드백작극단, 우스터백작극단 등이 스트랫퍼드에서 공연.
1585 (21세)	2월 2일, 쌍둥이 햄닛과 주디스 세례.	제임스 버비지, 커튼극장의 경영권 장악.
1586 (22세)	9월 6일, 존, 시위원에서 해임. 윌리엄, 런던행(?).	여왕극단, 레스터백작극단이 스트랫퍼드에서 공연.
1587 (23세)	6월 13일에 발생한 상해 사건으로 결원을 채우기 위해 윌리엄이 여왕극단에 가입한 가능성 있음.	헨슬로, 로즈극장 건립. 홀린셰드, 『연대기』 제2판 간행.
1588 (24세)	윌름코트 토지가옥 변제를 청구하면서 윌리엄이 란바트에 소송 제기.	레스터 백작 사망. 영국 해군, 스페인 무적함대 격파. 리처드 탈턴 매장(9월 3일).
1589 (25세)	윌리엄, 스트랑경극단과 해군대신극단이 합병해서 만든 극단에 관계함.	로버트 그린의 『Menaphon』에 쓴 토머스 내시의 서문에 〈원햄릿(Ur-Hamlet)〉이 언급됨.
1592 (28세)	윌리엄 그린의 책 『문(文)의지혜』(9월 20일 출판등록)에서 윌리엄을 비난하는 문구 '벼락출세한 까마귀(upstartcrow)' 발견.	6월, 극장 폐쇄. 9월 3일 그린 사망. 에드워드 알레인, 헨슬로의 양녀와 결혼해서 헨슬로와 동업사가 됨.

연도	윌리엄 셰익스피어	시대 배경
1593 (29세)	사우샘프턴 백작에게 〈비너스와 아도니스〉 헌정. 출판등록 4월 18일. 같은 해에 4절판으로 등록. 〈타이터스 앤드로니커스〉 집필. 〈말괄량이 길들이기〉 집필. 〈루크리스의 능욕〉 집필.	극작가 크리스토퍼 말로 살해당함(5월 30일). 전염병으로 윌리엄이 소속된 펜브루크백작극단이 어려움을 겪음.
1594 (30세)	윌리엄, 궁내대신소속극단에 단원으로 참가. 〈타이터스 앤드로니커스〉 출판 등록(2월 6일). 동년에 양(良)사절판으로 출판. 로즈극장에서 공연(1월 23일). 〈헨리 6세 2부〉 출판 등록(3월 12일). 동년에 악(惡)사절판 출판. 〈루크리스의 능욕〉 출판 등록(5월 9일). 동년 양사절판으로 출판. 〈실수 연발〉 그레이 법학원에서 공연(12월 28일). 〈베로나의 두 신사〉 집필. 〈사랑의 헛수고〉 집필. 〈로미오와 줄리엣〉 집필. 〈말괄량이 길들이기〉 공연(6월 13일).	1592년부터 이래로 폐쇄되었던 정규공연이 6월에 시작됨. 스트랫퍼드 대화재(9월 22일). 헨리 거리의 셰익스피어의 가옥도 피해를 입음. 펜브루크백작극단 해체(12월 28일). 6월 7일에 유대인 의사 로더리고 로페즈가 여왕 암살 용의로 처형됨.
1595 (31세)	3월 15일에 전년 12월의 어전공연에 대한 지불 명부에 20파운드의 액수와 간부단원 윌리엄의 이름이 기록됨.	9월, 스트랫퍼드 화재. 〈리처드 2세〉 또는 〈리처드 3세〉 공연(12월 9일). 프랜시스 랭글리, 펜브루크백작극단의 본거지인 스완극장 건립.
1596 (32세)	8월 11일, 장남 햄닛 매장(11세). 10월 20일에 존, 문장 사용 허가받음. 윌리엄, 비숍게이트의 세인트헬렌에 거주(10월).	스완극장에서 네덜란드의 관광객 한니스 드 위트가 관객을 3천 명으로 추산. 2월 4일에 제임스 버비지가 블랙프라이어즈극장을 600파운드로 구입.

연도	윌리엄 셰익스피어	시대 배경
1597 (33세)	5월 4일에 윌리엄, 스트랫퍼드에서 가장 아름답고 두 번째로 큰 '뉴 플레이스' 저택을 60파운드에 구입. 〈윈저의 즐거운 아낙네들〉 공연 (4.22~23). 〈리처드 2세〉 출판등록(8.29), 동년 양사절판 출판. 〈리처드 3세〉 출판 등록 (10.20), 동년 양과 악의 중간사절판 출판. 〈헨리 4세 1부, 2부〉 집필(1597~1598). 〈사랑의 헛수고〉 공연.	2월 2일 제임스 버비지 매장.
1598 (34세)	〈헨리 4세 1부〉 출판 등록(2.25). 출판. 〈베니스의 상인〉 출판 등록(7.22). 윌리엄, 벤 존슨의 〈각인각색〉에 출연(9.20 이전). 〈사랑의 헛수고〉 양사절판 출판(12월). 〈헛소동〉 집필 (1598~1599). 〈헨리 5세〉 집필(1598~1599)	재상 윌리엄 세실 사망. 프랜시스 미어스의 수기 『지식의 보고』 출판(9.7). 이 책에는 윌리엄에 관한 여러 가지 언급이 있음.
1599 (35세)	2월 21일, 윌리엄, 주주의 한 사람으로서 글로브극장 건설 운영에 관한 계약서 작성. 세인트 헬렌에 보관된 세금 관계 서류에 윌리엄의 이름 있음. 글로브극장 개장. 〈줄리어스 시저〉 집필. 글로브극장에서 공연(9.21). 〈로미오와 줄리엣〉 양사절판 출판. 〈당신이 좋으실 대로〉 집필(1599~1600). 〈십이야〉 집필(1599~1600).	시인 에드먼드 스펜서 사망. 풍자문학 금지(6.1). 에식스 백작의 아일랜드 원정 실패.
1600 (36세)	〈당신이 좋으실 대로〉 등록(8.4), 출판 보류. 〈헛소동〉 등록(8.4). 양사절판 출판(10월). 〈헨리 4세 2부〉 등록(8.23). 양사절판 출판. 〈헨리 5세〉 등록(8.23). 악사절판 출판. 〈한여름 밤의 꿈〉 등록(10.8). 템스강 남안(南岸) 크린크 지구 납세자 리스트에 13실링 4펜스 미납 기록.	동인도회사 설립. 헨슬로, 520 파운드를 들여서 포춘극장 건립.

연도	윌리엄 셰익스피어	시대 배경
1601 (37세)	부친 존 사망. 9월 8일 매장. 궁내대신극단이 에식스 백작 일당의 요청에 의해 왕위 찬탈극 〈리처드 2세〉 글로브극장에서 공연(2.7). 〈십이야〉 궁전에서 공연(1.6). 〈햄릿〉 집필(1601~1602). 〈트로일로스와 크레시다〉 집필(1601~1602).	2월 8일, 에식스 백작, 런던에서 반란 일으키다 체포되어 사형됨(2.25). 사우샘턴 사형 면함.
1602 (38세)	5월 1일 윌리엄, 스트랫퍼드에 107에이커의 토지를 320파운드로 구입. 윌리엄, 런던 크리플게이트에 하숙. 〈윈저의 즐거운 아낙네들〉 등록(1.18). 악사절판 출판. 〈햄릿〉 등록(7.26). 〈끝이 좋으면 다 좋다〉 집필(1602~1603).	
1603 (39세)	5월 19일, 궁내대신극단이 국왕극단이 되다(5.19). 〈트로일로스와 크레시다〉 등록(2.7). 〈햄릿〉 악사절판 출판.	엘리자베스 여왕 사망(3.24). 튜더 왕조 끝남. 제임스 1세 즉위하여 스튜어트 왕조 출범. 3월 19일 전염병으로 극장 1년간 폐쇄.
1604 (40세)	〈오셀로〉 집필. 11월 1일 궁정에서 공연. 〈자에는 자로〉 집필(1604~1605). 12월 26일 궁전에서 공연. 〈햄릿〉 양사절판 출판. 〈윈저의 즐거운 아낙네들〉 궁정에서 공연(11.4).	4월 9일, 극장 개관. 제임스 1세 스페인과 화평 체결.
1605 (41세)	국왕극단이 〈헨리 5세〉를 궁정에서 공연(1.7). 국왕극단이 〈베니스의 상인〉을 궁정에서 공연(2.10). 〈리어 왕〉 집필(1605~1606).	11월 15일, 가이 포크스의 의사당 폭파 음모사건(화약음모사건) 발각. 레드불극장 개관.
1607 (43세)	6월 5일 장녀 수재나, 의사 존 홀과 결혼(6.5). 〈리어 왕〉 출판등록(11.26). 〈코리올레이너스〉 집필. 〈아테네의 타이몬〉 집필. 〈맥베스〉 아마도 햄프턴코트에서 덴마크 왕 크리스찬 4세 방문을 기념해서 공연(8.7). 〈햄릿〉 영국 함선 드래곤호 선상에서 공연. 12월 31일 윌리엄의 동생 배우 에드먼드 셰익스피어 매장(12.31).	7월~11월, 전염병으로 극장 폐쇄.

연도	윌리엄 셰익스피어	시대 배경
1608 (44세)	수재나의 장녀 엘리자베스 출생(2.8.세례). 모친 메리 사망(9.9. 매장). 〈안토니와 클레오파트라〉 등록(5.20). 〈리어 왕〉 양과 악의 중간판본 출판.〈페리클레스〉 집필(1608~1609), 등록(5.20).	시인 존 밀턴 출생. 8월 9일, 국왕극단이 블랙프라이어즈 극장 임대권 매입.
1610 (46세)	윌리엄, 고향에 은퇴. 〈겨울 이야기〉 집필(1610~1611).	2월, 제임스 1세 의회 폐쇄.
1611 (47세)	〈심벨린〉 관극(4월 하순) 기록(점성가 사이먼 포맨). 〈겨울 이야기〉 글로브극장에서 공연(5.15). 〈템페스트〉 집필(1611~1612). 동년 궁정에서 공연(11.1).	흠정(欽定)영역성서 출판.
1612 (48세)	〈헨리 8세〉 집필(1612~3).	태자 헨리 사망.
1613 (49세)	2월 4일 동생 리처드 매장. 런던 블랙프라이어즈 지구에 140파운드를 들여 게이트 하우스(Gate-House) 구입.	〈헨리 8세〉 공연 중(6.29) 글로브극장 소실. 곧 재건립 착수.
1614 (50세)	글로브극장 6월 준공(1400파운드 소요됨).	호프극장 건립.
1615 (51세)	〈리처드 2세〉(제5쿼토판) 출판(90월).	조지 채프먼이 호메로스의 『오디세이』 완역.
1616 (52세)	1월 26일경, 윌리엄 유언장 작성. 차녀 주디스가 토머스 퀴니와 결혼(2.10). 유언장 수정, 서명(3.25). 4월 23일 윌리엄 셰익스피어 사망. 스트랫퍼드 홀리 트리니티교회에 매장(4.25). 11월 23일, 토머스와 주디스의 아들 셰익스피어 세례. 『루크레스의 능욕』 출판.	1월 6일 헨슬로 사망.
1623	8월 6일, 윌리엄의 아내 앤 사망(67세). 11월 8일 윌리엄의 전집 첫 폴리오판이 셰익스피어의 동료배우들인 존 헤밍스와 헨리 콘델에 의해 출판.	

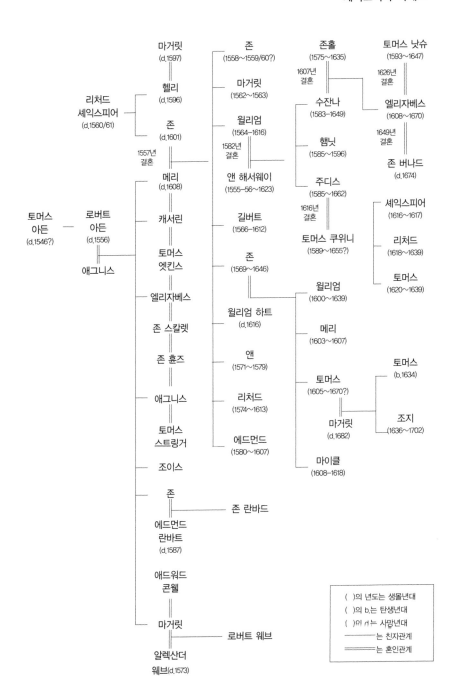

셰익스피어 가계도

( )의 년도는 생몰년대
( )의 b.는 탄생년대
( )의 d.는 사망년대
―――― 는 친자관계
═══════ 는 혼인관계

마거릿
(d.1597)

존
(1558~1559/60?)

존홀
(1575~1635)

토머스 낫슈
(1593~1647)

헬리
(d.1596)

마거릿
(1562~1563)

1607년
결혼

1626년
결혼

리처드
셰익스피어
(d.1560/61)

존
(d.1601)

윌리엄
(1564~1616)

수잔나
(1583-1649)

엘리자베스
(1608~1670)

1557년
결혼

1582년
결혼

햄닛
(1585~1596)

1649년
결혼

앤 해서웨이
(1555-56~1623)

주디스
(1585~1662)

존 버나드
(d.1674)

메리
(d.1608)

길버트
(1566-1612)

1616년
결혼

셰익스피어
(1616~1617)

토머스
아든
(d.1546?)

로버트
아든
(d.1556)

캐서린

존
(1569~1646)

토머스 쿠위니
(1589~1655?)

리처드
(1618~1639)

토머스
엣킨스

윌리엄
(1600~1639)

토머스
(1620~1639)

애그니스

엘리자베스

윌리엄 하트
(d.1616)

메리
(1603~1607)

존 스칼렛

존 휴즈

앤
(1571~1579)

토머스
(b.1634)

애그니스

리처드
(1574~1613)

토머스
(1605~1670?)

조지
(1636~1702)

토머스
스트링거

에드먼드
(1580~1607)

마거릿
(d.1682)

조이스

마이클
(1608~1618)

존

존 란바드

에드먼드
란바트
(d.1587)

애드워드
콘웰

마거릿

로버트 웨브

알렉산더
웨브(d.1573)

장미전쟁 역사극의 가계도

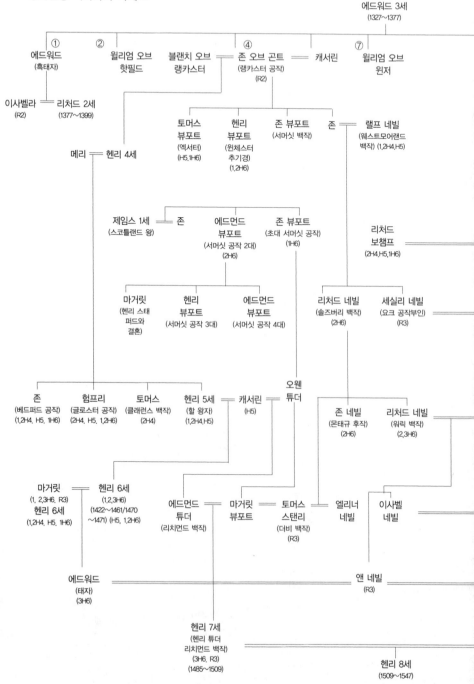

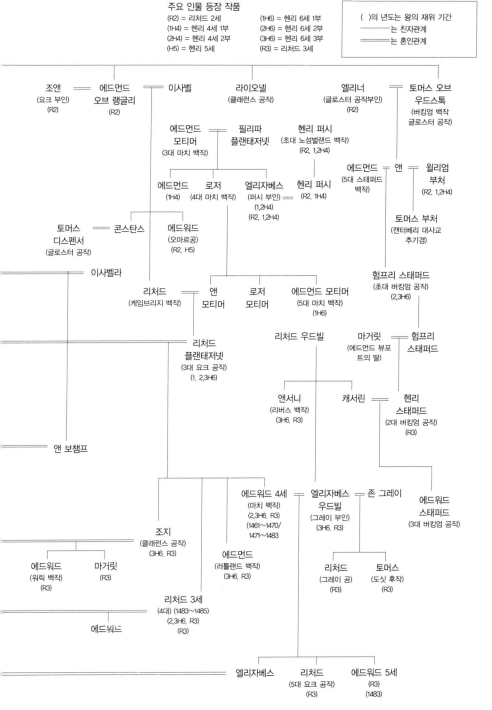

주요 인물 등장 작품

(R2) = 리처드 2세
(1H4) = 헨리 4세 1부
(2H4) = 헨리 4세 2부
(H5) = 헨리 5세
(1H6) = 헨리 6세 1부
(2H6) = 헨리 6세 2부
(3H6) = 헨리 6세 3부
(R3) = 리처드 3세

( )의 년도는 왕의 재위 기간
───는 친자관계
═══는 혼인관계

조앤
(요크 부인)
(R2)

에드먼드
오브 랭글리
(R2)

이사벨

라이오넬
(클래런스 공작)

엘리너
(글로스터 공작부인)
(R2)

토머스 오브
우드스톡
(버킹엄 백작
글로스터 공작)

에드먼드
모티머
(3대 마치 백작)

필리파
플랜태저넷

헨리 퍼시
(초대 노섬벌랜드 백작)
(R2, 1,2H4)

에드먼드
(5대 스태퍼드
백작)

앤

윌리엄
부처
(R2, 1,2H4)

에드먼드
(1H4)

로저
(4대 마치 백작)

엘리자베스
(퍼시 부인)
(1,2H4)
(R2, 1,2H4)

헨리 퍼시
(R2, 1H4)

토머스 부처
(캔터베리 대사교
추기경)

토머스
디스펜서
(글로스터 공작)

콘스탄스

에드워드
(오마르공)
(R2, H5)

이사벨라

리처드
(케임브리지 백작)

앤
모티머

로저
모티머

에드먼드 모티머
(5대 마치 백작)
(1H6)

험프리 스태퍼드
(초대 버킹엄 공작)
(2,3H6)

리처드
플랜태저넷
(3대 요크 공작)
(1, 2,3H6)

리처드 우드빌

마거릿
(에드먼드 뷰포
트의 딸)

험프리
스태퍼드

앤 보챔프

앤서니
(리버스 백작)
(3H6, R3)

캐서린

헨리
스태퍼드
(2대 버킹엄 공작)
(R3)

에드워드 4세
(마치 백작)
(2,3H6, R3)
(1461~1470/
1471~1483)

엘리자베스
우드빌
(그레이 부인)
(3H6, R3)

존 그레이

에드워드
스태퍼드
(3대 버킹엄 공작)

조지
(클래런스 공작)
(3H6, R3)

에드먼드
(러틀랜드 백작)
(3H6, R3)

리처드
(그레이 공)
(R3)

토머스
(도싯 후작)
(R3)

에드워드
(워릭 백작)
(R3)

마거릿
(R3)

리처드 3세
(4대) (1483~1485)
(2,3H6, R3)
(R3)

에드워드

엘리자베스

리처드
(5대 요크 공작)
(R3)

에드워드 5세
(R3)
(1483)

영국 왕가 족보 (1)

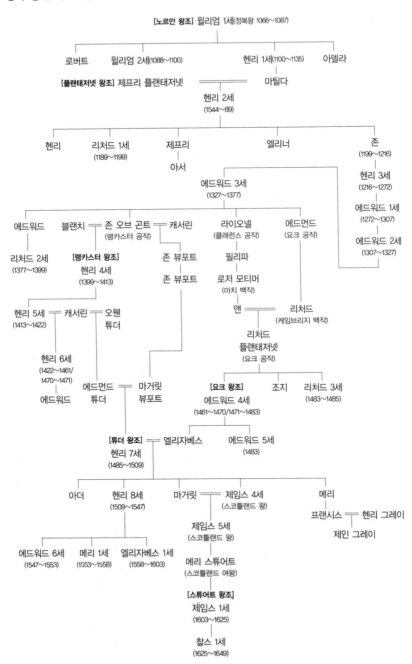

영국 왕가 족보 (2)

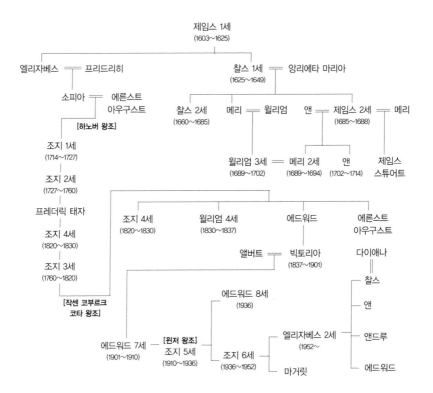

제임스 1세
(1603~1625)

엘리자베스 ═ 프리드리히

찰스 1세 ═ 앙리에타 마리아
(1625~1649)

소피아 ═ 에른스트
아우구스트
[하노버 왕조]

찰스 2세
(1660~1685)

메리 ═ 윌리엄

앤 ═ 제임스 2세 ═ 메리
(1685~1688)

조지 1세
(1714~1727)

윌리엄 3세 ═ 메리 2세
(1689~1702)   (1689~1694)

앤
(1702~1714)

제임스
스튜어트

조지 2세
(1727~1760)

프레더릭 태자

조지 4세
(1820~1830)

윌리엄 4세
(1830~1837)

에드워드

에른스트
아우구스트

조지 4세
(1820~1830)

앨버트 ═ 빅토리아
(1837~1901)

다이애나
═
찰스

조지 3세
(1760~1820)

[작센 코부르크
코타 왕조]

에드워드 8세
(1936)

앤

앤드루

에드워드 7세
(1901~1910)

[윈저 왕조]
조지 5세
(1910~1936)

조지 6세
(1936~1952)

엘리자베스 2세
(1952~

마거릿

에드워드